Arena-Taschenbuch

Band 0386

D1986177

Insa Bauer,
1948 geboren, ist Übersetzerin.
Sie machte eine Fortbildung über die Fernuniversität in Erziehungs- und Sozialwissenschaften mit dem Schwerpunkt Sonderpädagogik. Seit 1986 arbeitet sie als freie Schriftstellerin.

Von Insa Bauer sind im Arena Verlag erschienen:
Detektiv-Rallye – Geschichten zum Mitraten
(Taschenbuch Band 0328)
Knifflige Fälle für Pia und Mecki
Detektiv Kalle jagt den Paketdieb
Rittergeschichten
Glitzernüsse für den Weihnachtsmann
Überraschung für den Weihnachtsmann
Wir haben dich so lieb, kleiner Brummbär
Wie spät ist es, Maxi Maus?

Insa Bauer

Kühle Köpfe – Heiße Spuren

Detektivgeschichten zum Mitraten

Mit Illustrationen von Ursula Dönges-Sandler

Arena

In neuer Rechtschreibung

1. Auflage als Arena-Taschenbuch 2001
Die gebundene Ausgabe erschien 1997 im Carlsen Verlag.
© dieser Ausgabe 2001 Arena Verlag GmbH, Würzburg
Alle Rechte vorbehalten
Umschlag- und Innenillustrationen: Ursula Dönges-Sandler
Umschlagtypographie: Agentur Hummel + Lang
Gesamtherstellung: Westermann Druck Zwickau GmbH
ISSN 0518-4002
ISBN 3-401-00386-0

Inhalt

Der Katzendieb

Julia und Tim wollen ihre Großmutter besuchen. Julia packt gerade einen Korb voll mit kleinen Geschenken.
Tim hebt den Korb hoch und stöhnt. »Wer soll denn das schleppen?«
»Stell dich nicht so an«, meint Julia. »Die zehn Minuten wirst du es wohl schaffen.«
»Wieso ich?« Tim stemmt die Hände in die Hüften und stellt sich vor Julia. Er ist neun Jahre alt, ein Jahr jünger als seine Schwester. Dennoch sind beide gleich groß und sehen sich auch sonst sehr ähnlich. Sie haben dunkle Haare und braune Augen.
»Euch kann man nur unterscheiden, weil Julia eine Brille trägt«, sagt die Großmutter manchmal.
»Ich nehme die Blumen«, antwortet Julia.

»Aber dann wechseln wir uns an der Ecke ab«, verlangt Tim. »Was hast du denn nur alles eingepackt?«

»Apfelsaft, ein Glas Marmelade, die Bücher, die ich für Oma aus der Bücherei abgeholt habe, und eine Dose Katzenfutter für Mohrle.«

»Ihr Lieblingsfutter, das mit dem Hühnchen?«

»Ja, genau. Vielleicht dürfen wir Mohrle heute Abend füttern.«

Julia stellt sich vor, wie sie Mohrle den Teller mit dem Katzenfutter hinstellt. Wie immer wird Mohrle zuerst daran schnuppern. Dann wird sie einige Male um den Teller herumlaufen, bevor sie anfängt zu fressen. Mohrle ist eine sehr hübsche Katze mit glänzendem pechschwarzem Fell. Weiß sind nur die linke Vorderpfote und die Schwanzspitze.

»Mohrle ist eine ganz besondere Katze«, sagt die Großmutter.

»Auf geht's!« Tim nimmt den Korb. »Hoffentlich hat Oma wieder ihren leckeren Apfelkuchen gebacken.«

Schon an der Haustür steigt den beiden ein verlockender Duft in die Nase.
»Mmmmh«, macht Tim und reibt sich den Bauch. »Omas Apfelkuchen ist der beste von allen.«
Auch Julia läuft das Wasser im Mund zusammen. Doch als die Tür geöffnet wird, kommt die Großmutter ihnen nicht wie sonst lachend entgegen, sondern sie sieht traurig und blass aus.
»Was ist los, Oma?«, fragt Julia.
»Mohrle ist seit gestern nicht nach Hause gekommen. Ihr ist bestimmt etwas passiert.«
Die Kinder zucken bei dem Gedanken zusammen. Sie denken sofort an die Autos, die oft viel zu schnell fahren. Aber die Großmutter wohnt in einer Sackgasse und

meistens bleibt Mohrle in der Nähe des Hauses.

Die beiden versuchen ihre Großmutter zu trösten. »Wir werden sie bestimmt finden«, meint Tim.

Aber ihre Oma schüttelt den Kopf. »Sie ist noch nie so lange weggeblieben. Doch jetzt wollen wir erst einmal Apfelkuchen essen und Kakao trinken.«

Beim Essen überlegen Julia und Tim, welche Katzen es noch in der Nachbarschaft gibt.

»Nebenan wohnt doch der dicke gelbe Kater, den Mohrle immer anfaucht. Vielleicht hat sie sich mit ihm vertragen und ist dageblieben«, sagt Julia.

Oma wehrt ab. »Ihr meint Kater Carlo von Kramers. Mit dem würde sie sich niemals vertragen, dazu ist sie viel zu stolz.«

»Gibt es sonst noch Katzen in der Nähe?«, möchte Tim wissen.

»Ja, Frau Kiefer im übernächsten Haus hat

seit ein paar Wochen eine kleine graue Katze. Ich glaube, sie heißt Pünktchen.«

Die Kinder kichern. »Pünktchen! Na, die werden wir uns mal ansehen. Kennst du sie?«

»Ich habe sie nur einmal kurz gesehen. Frau Kiefer hält sie meistens im Haus. Sie ist eine ängstliche alte Dame, geht selber nicht oft raus.«

Julia und Tim beschließen zum Nachbarhaus zu gehen. Dort wohnt Martin Ostendorf, ein Junge in ihrem Alter, mit dem sie schon oft gespielt haben. Seine Schirmmütze trägt er wie ein Sportler mit dem Schirm im Nacken, vorne guckt ein kleines Büschel blonder Haare hervor.

Martin versucht gerade seinen Ball in den Korb zu werfen, der an der Garagenwand befestigt ist.

»Acht Treffer bei zehn Würfen, das ist doch nicht schlecht! Wollt ihr auch mal?«, begrüßt er Tim und Julia.

»Nachher vielleicht, erst müssen wir mit dir reden. Stell dir vor, Omas Mohrle ist seit gestern verschwunden.«

Martin fasst sich an den Kopf. »Das darf nicht wahr sein! Die auch?«

»Was soll das heißen?«

»Frau Kiefers Pünktchen ist auch weg. Frau Kiefer ist fast krank deswegen, sie hat ihre Katze so gern. Frau Kiefer hat Pünktchen morgens kurz rausgelassen. Sie wollte selbst etwas im Garten bleiben, doch das Telefon klingelte. Als sie wieder nach draußen kam, war Pünktchen nirgends zu finden. Die alte Frau hat ihren Liebling überall gesucht. Auch in unserem Garten haben wir nachgesehen – nichts, weit und breit nichts!«

»Kommt, wir gehen mal rüber«, schlägt Tim vor.

Martin zielt schnell noch einmal auf den Korb, aber der Ball fällt daneben. »Mist!«, schimpft er und lässt ihn liegen. Als Frau

Kiefer die Tür öffnet, sehen die Kinder gleich, dass sie geweint hat.

»Guten Tag, Frau Kiefer«, begrüßt Martin die grauhaarige alte Dame. »Sie kennen doch Julia und Tim?«

Doch Frau Kiefer schüttelt den Kopf. »Habt ihr Pünktchen gesehen?«

»Leider nicht«, antwortet Martin. »Aber Mohrle ist auch weg. Julia und Tim sind die Enkel von Frau Hagen.«

»Was sagst du? Mohrle ist auch weg? Aber dann sind hier vielleicht Verbrecher am Werk!« Entsetzt sieht Frau Kiefer die Kinder an. »Kommt erst mal rein!«

»Welchen Weg hat Pünktchen immer genommen, wenn sie draußen war?«, fragt Tim.

»Eigentlich sollte sie nur im Garten bleiben. Doch immer, wenn ich nicht aufgepasst habe, ist sie schnell über die Straße zur Wiese gelaufen. Bevor ich jedoch dort ankam, war sie schon wieder weg. Ihr wisst ja, ich gehe am Stock und bin nicht sehr schnell. Deshalb bat ich Familie Weiß mir zu helfen. Und wo fanden wir Pünktchen jedes Mal? Ausgerechnet bei Herrn Wellmann im Garten!«

»Ach du Schreck!«, stöhnt Martin. »Wo der doch Katzen nicht leiden kann!«

»Einmal kamen wir gerade dazu, wie er Pünktchen mit dem Besen wegscheuchte. Meine kleine Katze so zu behandeln!«

»Sie haben also Pünktchen mehrmals aus dem Garten von Herrn Wellmann geholt?«, fragt Julia.

»Ja, seit ich sie habe, ist sie mir mindestens schon dreimal ausgerissen. Jedes Mal fand ich sie bei Herrn Wellmann wieder.«

»Merkwürdig«, meint Martin.

Julia sieht auf die Uhr. »Wir müssen zu Oma, sie wartet mit dem Abendessen. Aber wir versprechen Ihnen, dass wir heute Abend noch nach Pünktchen und Mohrle suchen.«

Beim Abendessen erzählen die Kinder ihrer Oma von Pünktchen. »Frau Kiefer hat sie sonst immer im Garten von Herrn Wellmann wieder gefunden«, sagt Julia.

Frau Hagen springt auf. »Das ist ja seltsam!«

»Wieso?«, fragen Julia und Tim fast gleichzeitig.

»Weil auch Mohrle so gerne zu Herrn Wellmann in den Garten lief, obwohl er sie immer wieder wegjagte.«

»Ging sie über die Straße in seinen Garten?«
»Nein, meistens schlich sie erst einmal um Bergers Haus. Ihr wisst, Bergers haben einen großen Stapel Kaminholz. Dort legte sie sich auf die Lauer, um Mäuse zu fangen. Doch danach lief sie oft zu Herrn Wellmann, manchmal musste ich sie sogar dort abholen, wenn sie nicht von selber nach Hause kam. Das war mir immer unangenehm, denn Herr Wellmann ist ein sehr unfreundlicher Mensch.«
»Wir sollten ihn uns mal ansehen«, schlägt Tim vor.
Julia meint: »Aber erst fragen wir Familie Weiß. Da kommt schon Martin. Tschüss, Oma, bis nachher. Vielleicht wissen wir dann mehr!«
Nachdenklich bleibt die Großmutter zurück. Sie grübelt darüber nach, was die Katzen in Wellmanns Garten lockte. Ob er etwa . . .? Nein, das durfte sie nicht denken!

Die Kinder hatten ähnliche Gedanken. Martin meint: »Wir müssen herausfinden, was Pünktchen und Mohrle im Garten von Herrn Wellmann gesucht oder gefunden haben.«
»Außerdem müssen wir wissen, was für ein Mensch er ist«, ergänzt Julia.
»Ein sehr unangenehmer, das hast du doch schon gehört.«
»Aber wäre er fähig Katzen zu fangen und an ein Labor zu verkaufen?«, überlegt Tim.
Martin zuckt mit den Schultern. »Hoffentlich nicht!«
An der Haustür von Familie Weiß drückt er kräftig auf den Klingelknopf. Eine freundlich lachende junge Frau mit blonden Locken öffnet die Tür.
»Hallo, ihr drei! Wollt ihr uns besuchen?«
Martin erklärt schnell, weshalb sie gekommen sind. Frau Weiß führt die Kinder in den Garten. »Ja, hier ist Pünktchen immer herumgelaufen. Sie kam von der Wiese,

lief durch meinen Garten und sauste durch die Hecke zu Herrn Wellmann.«

»Der sich nicht darüber freute«, fügt Julia hinzu.

»Ganz und gar nicht. Er wurde oft sehr böse, wenn er eine Katze in seinem Garten entdeckte. Dann färbte sich sein dickes Gesicht puterrot und er scheuchte die harmlosen Tiere mit Besen oder Forken, was immer er gerade zur Hand hatte.«

»Aber warum gingen die Katzen nur so gern dorthin?«, grübelt Tim.

Frau Weiß denkt eine Weile nach. »Das habe ich mich auch schon oft gefragt. Kommt mal mit!« Sie geht mit den Kindern zu der Hecke, die an Herrn Wellmanns Grundstück grenzt.

Julia und Tim können gerade darüber gucken, nur Martin muss sich auf die Zehenspitzen stellen und sich recken.

Frau Weiß zeigt zum hinteren Teil des Gartens. »Dort zu dem Graben liefen die Katzen immer, sie wälzten sich vor den rosa blühenden Pflanzen im Gras und spielten ausgelassen. Aber ... nanu ... was ist denn das?«

»Ist etwas passiert?«

»Ja, das kann man wohl sagen. Er hat die rosafarbenen Wildpflanzen abgeschnitten. Gestern waren sie noch da, ziemlich hoch und sehr hübsch.«

»Wildpflanzen?« Martin pfeift durch die Zähne. »Fällt euch was auf?«

»Na klar«, meint Julia. »Wildpflanzen passen nicht in seinen Garten, in dem alles wie geschniegelt und gebügelt aussieht.«

»Genau«, bestätigt Tim. »In Wellmanns Garten muss man sonst wilde Pflanzen mit der Lupe suchen.«

Martin kratzt sich am Kopf. »Und vorher hat er die Pflanzen am Graben immer wachsen lassen?«

Frau Weiß bestätigt das. »Ich weiß zwar

nicht, was es war, aber die Katzen schienen es besonders zu mögen.«
»Ich habe einen Verdacht!«, ruft Martin. »Kommt, wir gehen zu dem ollen Wellmann. Vielen Dank, Frau Weiß.«
Als die Kinder an Wellmanns Tür klingeln, ist ihnen etwas unheimlich zu Mute. Schon nach kurzer Zeit wird die Tür aufgerissen. Ein dicker Mann mit einem grimmigen roten Gesicht starrt die Kinder an. »Was wollt ihr?«
Martin nimmt all seinen Mut zusammen. »Wir suchen zwei Katzen, die verschwunden sind. Dürfen wir einmal in Ihren Garten gucken?«
»Das fehlt mir gerade! Erst laufen diese pelzigen Untiere hier herum und dann kommen auch noch Gören hinterher! Macht, dass ihr wegkommt!« Damit knallt er den Kindern die Tür vor der Nase zu.
»So ein gemeiner Kerl!«, schimpft Julia.

»Dem traue ich alles zu«, meint Tim.
Martin ist sauer. »Ich wollte ihn noch nach den Pflanzen fragen. Nun wissen wir immer noch nicht, was es war!«
»Oma hat doch ein Blumenbuch, da können wir nachsehen!«, schlägt Julia vor.
Sie beschließen erst noch Familie Berger zu fragen, die neben Oma wohnt. Auf dem Weg dorthin kommen sie an einem unbebauten Grundstück vorbei. BETRETEN VERBOTEN! steht auf einem verwitterten Schild.
»Da will wohl keiner bauen?«, vermutet Tim.
Martin lacht. »Wer möchte schon neben so einem alten Bollerballer wie Wellmann wohnen!«
»Die Nachbarn können einem wirklich Leid tun.«
Als bei Bergers keiner öffnet, gehen die Kinder in den Garten. »Bergers sind nett, die haben bestimmt nichts dagegen, wenn

wir in ihrem Garten nach den Katzen suchen«, meint Martin.
Im selben Moment schießt wie ein Blitz etwas dickes Gelbes vor ihren Füßen vorbei und verschwindet im Gebüsch.
»Das war Kater Carlo, dieser Wüstling«, sagt Tim lachend.
Carlo gehört Familie Kramer, die hinter Omas Haus wohnt. Nächtliche Faucherei-en zwischen Carlo und Mohrle haben Oma schon oft aus dem Schlaf geschreckt.
»Na, wenigstens Carlo ist noch da.«
Die Großmutter sieht den Kindern erwartungsvoll entgegen. Traurig schütteln sie den Kopf. »Gefunden haben wir nichts, aber einige Hinweise gibt es.«
Die Kinder erzählen von Herrn Wellmann und den seltsamen Pflanzen.
Oma holt ein Blumenbuch, in dem die Blumen nach Farben geordnet sind. »Ich erinnere mich an die Pflanzen«, sagt sie. »Hier, das sind sie. Baldrian – ach, das

nehme ich doch manchmal zur Beruhigung! Baldriantropfen! Frau Weiß hat Recht, Mohrle war immer bei diesen Pflanzen zu finden.«

Julia ist plötzlich ganz aufgeregt. »Kein Wunder! Guckt mal, was da steht: Der Geruch der Pflanze zieht Katzen an. Was sagt ihr dazu?«

Nun reden alle durcheinander.

»Warum hat der Kerl so was im Garten, wenn er keine Katzen leiden kann?«, fragt Martin. Doch er spricht nicht weiter, denn er will Frau Hagen nicht ängstigen.

Aber alle wissen, was er damit sagen will.

»Vielleicht will er Katzen anlocken, um sie zu fangen. Und damit es hinterher keine Beweise gibt, hat er die Pflanzen abgeschnitten.«

»Wir müssen ihn beobachten«, beschließt Tim.

»Aber nun geht ihr bitte schlafen, es wird schon dunkel«, mahnt die Großmutter. Die

Kinder verabreden sich für den nächsten Morgen. Sie wollen in Herrn Wellmanns Garten schleichen und sein Haus unter die Lupe nehmen.

Am nächsten Morgen begrüßt die Großmutter sie mit einer schlimmen Nachricht. »Carlo ist auch verschwunden. Frau Kramer hat ihm heute früh Futter hingestellt wie immer, doch es steht noch unberührt da.«
»Ist Carlo denn nachts draußen?«
»Ja, er geht nachts auf Mäusejagd. Aber pünktlich um sieben steht er morgens an der Hintertür, um sein Frühstück zu empfangen, hat Frau Kramer erzählt. Nur heute ist er nicht gekommen und es ist schon zehn.«
Die Kinder beeilen sich mit dem Frühstück. Schnell zeichnen sie einen Plan, auf dem die Lage der Grundstücke und ihrer Bewohner aufgemalt ist.

»Nun müssen wir noch die Wege der Katzen mit verschiedenen Farben eintragen«, schlägt Martin vor. »Das machen wir vorne am Fenster, da können wir Wellmanns Haus beobachten.«
Mit grüner Farbe strichelt Julia den Weg von Pünktchen über die Wiese durch den Garten von Frau Weiß bis zu Wellmann. Mohrles Weg wird mit roter Farbe eingezeichnet: um Bergers Haus herum, am unbebauten Grundstück vorbei zu Wellmanns Garten.
»Und Kater Carlo, der dicke Gelbe, wo schlich der lang?«, fragt Martin.
Die Großmutter lacht. »Ach, der hatte auch immer den gleichen Weg. Zuerst lief er durch meinen Garten, wobei er meistens von Mohrle angefaucht wurde. Dann sauste er über euer Grundstück auf die Straße schnurstracks zu Wellmann in den Garten.«
Julia wählt für Carlo einen blauen Stift.

»Und alle Katzen tummeln sich an Wellmanns Baldrian.«

Tim springt auf und fuchtelt mit den Armen. »Da . . . da . . . er lädt was ins Auto! Eine Kiste! Sie scheint schwer zu sein. Mensch! Das gibt's nicht!«

»Jetzt fährt er weg!«, ruft Martin. Sofort laufen die Kinder über die Straße zum Haus von Herrn Wellmann. So schnell sie können durchsuchen sie den Garten.

An der Stelle mit den abgeschnittenen Pflanzen schreit Julia auf. »Hier! Haare von Mohrle!« Sie hält einen kleinen Ast in die Höhe, an dem sich ein Büschel schwarzer Katzenhaare verfangen hat.

»Das ist der Beweis, das nehmen wir mit!«

»Schnell weg, ich höre sein Auto. Der Kerl kommt zurück«, flüstert Tim.

Sie haben gerade noch Zeit, über den Zaun zu dem unbebauten Grundstück zu klettern und sich in einem Busch zu verstecken. Schon taucht der unheimliche Dicke in seinem Garten auf. Er stellt die Kiste, die er vorher ins Auto verfrachtet hatte, auf seine Terrasse.

»Da müssen wir unbedingt mal reingucken«, flüstert Martin. Aber Herr Wellmann macht es sich neben der Kiste auf einem Gartenstuhl gemütlich. Er greift in seine Jackentasche und holt ein Etui hervor.

»Nun zündet er sich auch noch eine Zigarre an, dann können wir hier ewig sitzen«, stöhnt Julia.

»Wenn wir durchs hohe Gras zur anderen Seite schleichen, entdeckt er uns nicht. Wir sollten es versuchen, auch wenn BETRETEN VERBOTEN! dransteht.«

»Lasst ihn uns erst noch eine Weile beobachten. Vielleicht gibt es eine Gelegenheit, in die Kiste zu gucken. Wenn Katzenhaare darin sind, gehe ich sofort zur Polizei«, sagt Martin.

Plötzlich schnüffelt Julia. »Was stinkt denn hier so komisch?«

Die Jungen riechen nichts. Julia kriecht ein Stück aus dem Busch hervor und schnüffelt am Boden. Plötzlich entdeckt sie etwas. »Hallo, was haben wir denn da?« In der Hand hält sie eine halb vertrocknete Pflanze mit kleinen rosafarbenen Blüten. Tim schnuppert daran.

»Riecht nach Medizin. Mann, das ist doch Baldrian!«

»Du merkst auch alles«, spottet Julia. Sie kriecht noch ein Stück weiter. »Das Gras

ist runtergetreten, jemand muss hier gelaufen sein. Und da, noch eine Pflanze.«
Vor Aufregung vergessen die Kinder beinahe, dass sie leise sein müssen. Martin schüttelt den Kopf. »Warum haben wir daran nur nicht früher gedacht? Wenn er die Pflanzen abgeschnitten hat, muss er sie ja irgendwo hingebracht haben, in seinem Garten waren sie nicht mehr.«
Julia legt den Finger an die Lippen: »Pssst, seid mal leise! Hört ihr nichts?«
Alle drei lauschen angespannt.
»Mir war, als hätte ich Miauen gehört«, flüstert Tim.
Julia nickt. »Kommt, wir kriechen der Spur nach.«
Vorsichtig robben die drei durch das hohe Gras. Mit jedem Meter hören sie die kläglichen Stimmen deutlicher.
»Ich höre das Miauen wie durch Watte«, flüstert Martin. »Da! Was ist das? Hier geht's abwärts!«

Die Kinder knien vor einem tiefen dunklen Loch mit gemauertem Rand. Jämmerliches Katzengeschrei tönt ihnen aus weiter Ferne entgegen.
»Ein ausgetrockneter Brunnen! Da sind sie drin! Mohrle und die anderen!«
»Mohrle!«, ruft Julia froh. »Wie kriegen wir sie da nur raus?«
»Still! Der Alte!« Martin zeigt nach hinten. In der Aufregung haben die Kinder nicht bemerkt, dass Herr Wellmann plötzlich hinter ihnen steht. »Was habt ihr hier zu suchen? Könnt ihr nicht lesen? BETRETEN VERBOTEN! steht auf dem Schild!«
Den Kindern ist das jetzt egal. »Sie sind schuld, dass die Katzen in den Brunnen gefallen sind! Sie haben die Pflanzen da hineingeworfen!«, schreit Julia wütend. Das grimmige Gesicht von Herrn Wellmann wird nachdenklich. »Wieso, das verstehe ich nicht? Ich werfe immer meine Gartenabfälle in den alten Brunnen.«

»Aber dies ist Baldrian.« Tim fuchtelt Herrn Wellmann mit einer verwelkten Blume vor der Nase herum. »Und auf Baldrian sind Katzen so wild, dass sie alle Vorsicht vergessen.«

Herr Wellmann schlägt sich an die Stirn. »Deshalb! Das verflixte Kraut! Immer kamen die Biester in meinen Garten und waren völlig verrückt. An dem Unkraut lag das also!«

»Wenn Sie das nicht wussten, wieso haben Sie es dann abgeschnitten?«, möchte Martin wissen.

»Was geht dich das an?«, knurrt der Dicke. »Aber ich will es dir verraten. Ich mag keine wilden Pflanzen. Ich liebe ordentliche Gärten. Bei mir darf nur das wachsen, was ich will. Komm mal mit!« Verwundert läuft Martin hinter Wellmann her. Julia und Tim versuchen inzwischen die Katzen von oben durch Zurufen zu beruhigen.

»Was hat Wellmann vor?«, fragt Julia.

»Keine Ahnung, aber vielleicht lässt er Martin die Feuerwehr rufen. Selbst er muss einsehen, dass wir die Katzen nur mit einer sehr langen Leiter rausholen können.«

»Er hat es eingesehen!«, ruft Julia, als sie Wellmann und Martin mit einer großen Klappleiter kommen sehen.

»In der Kiste ist Kaminholz«, flüstert Martin den anderen zu.

»So, dann wollen wir mal«, sagt Herr Wellmann und zieht die Leiter auseinander. »Hoffentlich reicht sie. Wer steigt runter?«

»Ich!«, rufen alle drei Kinder gleichzeitig.

»Drei Kinder, drei Katzen! Wo ist da das Problem?«, sagt Herr Wellmann etwas freundlicher. Die Kinder wundern sich. Der hat wohl doch ein schlechtes Gewissen, denkt Martin.

Die Leiter steht auf den Pflanzen etwas wacklig.

»Pass gut auf!«, mahnt Herr Wellmann, als Julia runterklettert.
Von oben hören die anderen sie mit den Katzen reden. Nach einer Weile kommt sie mit Mohrle auf dem Arm zurück.
Ängstlich klammert Mohrle sich an das Mädchen. Doch kaum sieht sie Licht, da springt sie ins Freie und saust davon.
»Die läuft bestimmt nach Hause. Oma wird froh sein.«
Als Nächster steigt Martin in den Brunnen.
»Ich werde Pünktchen holen.«

Tim mault. »Und ich soll mich mit dem fetten Kater Carlo abmühen. Wahrscheinlich kratzt der auch noch!«
Herr Wellmann grummelt: »Wenn er sich nicht benimmt, bleibt er eben unten.«
Ob er es wirklich ernst meint? Ich glaube, so böse, wie er immer tut, ist er eigentlich gar nicht, denkt Julia.
Nachdem auch Pünktchen gerettet ist und sie schließlich auch Kater Carlo herausgeholt haben, zieht Herr Wellmann die Leiter hoch und legt sie zusammen. Sofort setzt er wieder sein grimmigstes Gesicht auf. »So, das war's. Und passt auf, dass die Viecher nicht noch mal in den Brunnen fallen.«
»Wie sollen wir das machen, sollen wir den Brunnen bewachen?«, fragt Martin.
»Ich werde euch ein Gitter besorgen, das könnt ihr darüber legen«, sagt Herr Wellmann. »Die Baldrianpflanzen werde ich aus meinem Garten entfernen. Und wehe,

wenn ich dann noch eine einzige von diesen Miezen auf meinem Grundstück erwische . . .!«

Erschrocken gucken die Kinder ihn an. Wie meistens sieht er ziemlich zornig aus. Oder ist da in seinen Augen ein leichtes Zwinkern?

Erkennungszeichen: Bunte Socken?

Als Julia und Tim aus der Schule kommen, liegt ein Brief auf dem Tisch.
»Tante Dora hat geschrieben. Sie möchte, dass ihr sie in den Ferien für ein paar Tage besucht. Ihr wisst ja, sie ist viel allein«, erklärt die Mutter.
»Oh ja, bei Tante Dora ist es immer lustig. Meistens brennt ihr das Essen an und dann geht sie mit uns in ein Restaurant!«, ruft Tim. Er malt sich schon aus, was er Leckeres bestellen wird.
»Tante Dora macht auch immer tolle Ausflüge mit uns.« Julia erinnert sich an einen Abenteuerspielplatz, einen Zoobesuch und an ein Picknick am Strand. Sofort schreiben die Kinder einen Brief zurück:

»Liebe Tante Dora! Wir besuchen dich gerne in den Ferien. Fährst du wieder mit uns zum Strand und in den Zoo? Mama und Papa bringen uns am 24. zu dir. Das ist unser erster Ferientag. Hoffentlich geht es dir gut. Bis bald! Wir freuen uns schon sehr!
Deine Julia und dein Tim.«
»So, noch eine Marke drauf und dann in den Briefkasten damit«, ruft Julia.

Die letzten Schultage vor den Ferien kommen den Kindern besonders endlos vor.
»Wie lange fahren wir?«, fragt Tim, als sie an ihrem ersten Ferientag im Auto sitzen.
Sein Vater überlegt: »Ungefähr zwei Stunden, vielleicht etwas mehr.«
»Tante Dora erwartet uns zum Kaffee. Sie will Kuchen backen«, sagt die Mutter.
Oh weh!, denkt Julia und stellt sich ihre Tante schon umhüllt von dunklen Qualmwolken vor.

Tim hat ihre Gedanken erraten und grinst. »Der arme Kuchen!«
Von Tante Doras Kuchen scheint tatsächlich nicht viel übrig zu sein. Als die vier erwartungsvoll an der Tür klingeln, riecht es angebrannt.
»Warum gibt sie das Backen nicht auf?«, wundert sich der Vater.
Da öffnet Tante Dora auch schon hustend die Tür.
»Herzlich willkommen!«, ruft sie und nimmt alle in den Arm. »Kommt doch rein! Leider ist der Kuchen nichts geworden. Schade. Es war so ein gutes Rezept. Aber vielleicht wollt ihr eben zum Bäcker laufen, Julia und Tim?«
»Gerne«, antwortet Tim. Dann können sie sich den Kuchen wenigstens selber aussuchen.
Beim Kaffee erzählt Tante Dora, dass der Kuchen nur deshalb angebrannt ist, weil sie eingeschlafen war. »Ich schlafe

nämlich in der letzten Zeit nachts so schlecht.«

Die anderen sehen sie fragend an. Ist die Tante vielleicht krank? Nein, eigentlich sieht sie putzmunter aus.

»Fast jede Nacht klopft und poltert es an den vorderen Fenstern, zum Glück habe ich meine Rolläden. Die lasse ich immer runter, sobald es dunkel wird. Leider bin ich im Dunkeln nicht sehr mutig«, erklärt sie. »Und wenn ich mich dann von dem Schreck erholt habe und hinaussehe, ist nichts mehr zu entdecken.«

Die Mutter fragt besorgt: »Hast du denn eine Ahnung, wer so etwas tut?«

Tante Dora schüttelt den Kopf. »Überhaupt nicht. Aber ich bin froh, dass die Kinder jetzt hier bleiben, dann fürchte ich mich nicht mehr so.«

Der Vater nickt. »Außerdem sind die beiden tüchtige Detektive. Sicher werden sie herausfinden, wer dich ärgert.«

»Klar, wir legen uns auf die Lauer!«, ruft Julia aufgeregt.
»Aber bleibt bitte nachts im Haus und schleicht nicht im Dunkeln draußen herum!«
Die Kinder versprechen es und sausen gleich auf die Straße, um nach Spuren zu suchen.
Tante Dora hat nach hinten raus einen schönen Garten, nach vorne gibt es nur ein ganz schmales Beet, dann beginnt schon der Bürgersteig.
»Das Haus liegt so dicht an der Straße, dass jeder an die Fenster klopfen kann, der vorbeigeht. Er braucht sich nicht mal auf das Beet zu stellen«, stellt Julia fest.
»Trotzdem ist eine Menge Spuren auf dem Beet. Wir sollten es heute Abend harken und gleich morgen früh nachsehen«, schlägt Tim vor.

Der dicke Nachbar, Herr Remmer, lobt die

Kinder, als er sie bei der Gartenarbeit sieht. »Solche Helfer brauche ich auch!« Er wischt sich den Schweiß von der Stirn. »Ganz schön heiß heute, ich werde mir erst mal ein kühles Bier genehmigen.«
Tante Dora kichert. »Mineralwasser wäre besser für ihn«, sagt sie, als Herr Remmer weg ist. »Aber er hat Recht, ihr seid wirklich sehr tüchtig!«
»Richtige Detektive müssen eben jede Arbeit machen«, sagt Julia. »Dabei können wir nach Spuren suchen und die vorbeigehenden Leute beobachten.«
»Na, prima! Dann wird der Spuk ja wohl bald aufhören.« Tante Dora zeigt ihnen die drei Fenster zur Straße, an denen sie das Klopfen nachts gehört hat. »Meistens klopft es unregelmäßig mehrmals hintereinander, zu unterschiedlichen Zeiten.«
»Und du bist sicher, dass du es nicht geträumt hast?«, fragt Tim.
»Ganz sicher! Ihr werdet es ja in den nächs-

ten Nächten hören, wenn ihr nicht zu fest schlaft.«
»Wir werden es rauskriegen, verlass dich nur auf uns«, verspricht Julia.
Tante Dora ist erleichert. »In einer halben Stunde gibt es Pizza, ich werde schon mal den Tisch decken.«
Julia und Tim sehen sich entsetzt an. Tante Dora will Pizza backen? Was soll das nur wieder werden? Die Kinder spähen vorsichtig durch das Küchenfenster. Tante Dora hantiert fröhlich singend mit Geschirr herum. Von einer Pizza ist weit und breit nichts zu entdecken. Auch riecht es nicht angebrannt.
»Wir können ja aufpassen, wenn sie die Pizza in den Ofen schiebt«, meint Tim. Aber Tante Dora schiebt keine Pizza in den Ofen. Stattdessen klingelt ein kunterbunt gekleideter italienischer Pizzabäcker mit drei fertigen Pizzas an der Tür.
»Dreimal Pizza Mamma Mia für Signora

Bertholdi!«, ruft er, drückt den Kindern die Kartons in die Hände und verschwindet wieder.

»So ein bunter Vogel! Der hat es aber eilig! Wollte er kein Geld dafür?«, wundert sich Tim.

»Ich bestelle oft etwas beim Italiener und zahle alles zusammen einmal im Monat«, erklärt Tante Dora.

Dann lassen die drei es sich schmecken. Dabei planen sie die nächsten Schritte ihrer Detektivarbeit. Sie beschließen dem Übeltäter am Kellerfenster aufzulauern. »Draußen wäre es noch besser«, meint Julia. »Aber versprochen ist versprochen.«

Mit einer Taschenlampe und einer Tafel Schokolade ausgerüstet, beziehen Julia und Tim ihren Posten am Kellerfenster. Es ist schon dunkel und Tante Dora liegt im Bett.

»Wenn wir Pech haben, sitzen wir bis morgen früh hier und nichts passiert«, meint Tim.

Julia schüttelt sich. »Besonders gemütlich ist es nicht gerade, draußen wäre es wahrscheinlich sogar wärmer.«

Die Kinder warten und warten. Nur die harten Stühle und die Kälte halten sie wach.

»Ich hole uns noch eine Wolldecke«, flüstert Julia.

»Bring was zu trinken mit!« Tim gibt ihr die Taschenlampe.

Als Julia mit einer Flasche Saft und zwei Decken zurückkommt, ist Tim eingeschlafen. Es ist schon zwei Uhr. Ob sie nicht lieber ins Bett gehen sollen? Vielleicht hat Tante Dora doch nur geträumt? Nein, das kann nicht sein! Tante Dora spinnt nicht. Sie ist ganz gut drauf für ihr Alter. In ihre Gedanken hinein hört Julia plötzlich Schritte. Und da klopft es auch schon, es klopft und knallt wie wild an den Rollladen genau über ihrem Kellerfenster. Schnell knipst Julia mit einer Hand die Taschenlampe an, mit der anderen schüttelt sie ihren Bruder. »Wach auf, du Schlafmütze! Da, geringelte Socken! Ich habe rot, gelb und blau geringelte Socken gesehen!«

Julia saust so schnell es geht nach oben. Tante Dora steht kreidebleich in der Schlafzimmertür und zittert. »Da, da war es wieder!«, jammert sie.

Doch als Julia endlich auf dem Balkon ist,

sieht sie nichts mehr. Die Straße ist völlig leer und dunkel, die Straßenlaternen sind um ein Uhr ausgegangen.

»Mist«, ruft Julia, »er ist mir entwischt! Aber ich habe seine Socken gesehen. Er hatte bunt geringelte Socken an. Das konnte ich im Schein der Taschenlampe gut erkennen. Aber mehr als die Füße sieht man von da unten nicht. Wo ist eigentlich Tim, diese Schlafmütze?«

Da kommt Tim die Treppe herauf. »Guckt mal, was ich aus dem Kellerschacht geangelt habe! Den Kronkorken von einer Bierflasche, frisch reingefallen!«

»Bist du sicher?«, fragt Julia erstaunt.

»Klar, ich habe ihn fallen hören. Während du mich als Schlafmütze beschimpft hast, habe ich unseren ersten Beweis gesichert!«

Tim streckt triumphierend die Nase in die Luft und holt eine Plastiktüte, Papier und Bleistift. »Beweis vom 25.7. – 2.05 Uhr –

Kronkorken von Bierflasche, Aufschrift: Dusel-Bräu«, notiert er.
»Lass uns jetzt erst mal schlafen gehen, morgen werden wir weitersehen«, sagt Tante Dora, die sich inzwischen von dem Schreck erholt hat.

Am nächsten Morgen stehen die Kinder ziemlich spät auf. Die Tante hat ihnen Frühstück hingestellt, sie selbst ist nirgends zu finden.
Doch bevor Julia und Tim frühstücken, gehen sie nach draußen vors Haus. Fußabdrücke sind nicht in dem Beet, nur zwei Zigarettenkippen liegen auf dem Bürgersteig.
»Schade, ich hätte gern noch einen Kronkorken gefunden«, sagt Tim.
In dem Augenblick kommt der Postbote vorbei. »Hast du von Kronkorken gesprochen? Ich sammle Kronkorken. Wenn ihr welche findet, könnt ihr sie mir geben.«

»Machen wir bestimmt«, antwortet Julia und wirft einen schnellen Blick auf die Socken des Postboten. Nein, Fehlanzeige, sie sind eher dunkelmausgrau.
Aber wer weiß, der zieht sich bestimmt nach Feierabend um, denkt sie.
»Verdächtig, verdächtig!«, murmelt auch Tim.

»Der Kakao ist prima!« Tim freut sich. »Auch die Brötchen sind sehr lecker, zum Glück nicht selbst gebacken.«
»Dafür sind die Eier selbst gekocht«, schimpft Julia, die sich mit einem steinhart gekochten Ei abmüht.
»Hoffentlich ist Tante Dora nicht einkaufen, um uns heute Mittag zu bekochen«, fürchtet Tim.
Da kommt die Tante auch schon mit vollen Einkaufskörben zurück.
»So, das dürfte für die nächsten Tage reichen«, meint sie.

Schnell sagt Julia: »Dürfen wir heute kochen, Tante Dora?«
Tante Dora freut sich über so viel Eifer. »Natürlich, wenn ihr möchtet. Ich wusste gar nicht, dass ihr kochen könnt.«
Ich auch nicht, denkt Tim verzweifelt. Da hat Julia ihnen ganz schön was eingebrockt. Wie sollen sie so mit ihren Nachforschungen weiterkommen?
Mit dem Kochen klappt es dann doch besser, als sie dachten. Es macht ihnen sogar richtig Spaß. Sie kochen Kartoffeln und rühren dazu Quark mit Kräutern und Gewürzen an.
Tante Dora ist begeistert. »Dass ihr so was könnt«, sagt sie. »Da kann ich ja noch bei euch lernen!«
Beim Essen beraten sie, wie es mit ihren Nachforschungen weitergehen soll.
»Vom Keller aus sehen wir nur die Füße von dem Klopfer. Bis wir oben sind, ist der Kerl immer schon weg«, meint Julia. »Auf dem Balkon wäre es besser.«

»Aber es hat angefangen zu regnen, das wird sehr ungemütlich«, gibt Tante Dora zu bedenken.
»Wir könnten doch hier drinnen jeder an einem der drei Fenster warten«, schlägt Tim vor.
Tante Dora ist einverstanden. »Aber was machen wir, wenn es klopft?«
»Von hier aus können wir schnell auf den Balkon laufen«, sagt Julia. »Da sind wir sicher und haben doch einen guten Überblick.«
Die drei sind sich einig. Abends verteilt Tante Dora ein paar Kissen, jeder setzt sich in einen gemütlichen Stuhl. Dann beginnt das Warten.
Julia hört die Uhr zwölf schlagen, halb eins, dann eins. Auf der Straße wird es stockdunkel, alle Straßenlaternen gehen wieder pünktlich um eins aus. Julia überlegt, ob Tim und Tante Dora in den anderen Zimmern wohl noch wach sind. Sie

merkt nicht, wie ihr selbst die Augen zufallen.
Plötzlich schreckt Julia aus dem Schlaf. Ein lautes Krachen und Poltern ist zu hören. Zuerst denkt sie, es ist nur ein Traum. Doch dann ist sie hellwach. Sofort will sie ins Nebenzimmer zum Balkon laufen.
In der Tür stößt sie mit Tim zusammen. Sie hören Tante Dora schimpfen und in ihrem Zimmer herumwühlen.
»Was ist los?«, ruft Julia. »Brauchst du Hilfe?«
»Ja, kommt bitte mal! Ich kann meine Brille nicht finden. Und ohne Brille sehe ich keinen Meter weit. Ich hatte sie mir doch extra zurechtgelegt!«
Tim findet die Brille auf der Fensterbank hinter einem Blumentopf.
»Tut mir Leid«, sagt Tante Dora. »Schade, nun habe ich alles verdorben. Hoffentlich sind wir morgen erfolgreicher.«

Am nächsten Morgen gucken die Kinder wieder vor dem Frühstück nach draußen. Nichts ist zu entdecken, nicht einmal ein Kronkorken.

Im geharkten Blumenbeet gibt es keine Fußspuren. Nur bei einer Ringelblume ist der Kopf umgeknickt.

»Da wird Tante Dora traurig sein«, meint Julia. »Sie liebt doch ihre Blumen so sehr.«

Julia läuft in den Schuppen, um ein Stöckchen und etwas Band zu holen. Damit kann sie die Ringelblume vielleicht wieder aufrichten.

Als sie im Schuppen ein großes Netz findet, kommt ihr plötzlich eine Idee. Sie läuft zu Tante Dora. »Darf ich das Netz aus dem Schuppen nehmen?«

»Du meinst das grüne Netz, das ich letztes Jahr über meine Johannisbeeren gebreitet hatte?«, fragt Tante Dora.

»Ja, genau. Ich brauche es heute Abend.«

»Meinetwegen. Ich benutze es sowieso

nicht mehr. Ein Vogel hat sich einmal darin verfangen und ich hatte große Mühe, ihn zu befreien.«

Julia erklärt Tim ihren Plan.

»Spitzenmäßig«, meint Tim. »Die beste Idee, die du je hattest!«

Die Kinder müssen sich am Abend nicht einmal dick einpacken. Draußen ist es sommerlich warm und sie richten sich auf dem Balkon ein. Sie setzen sich so hin, dass sie zwar die Straße gut überblicken können, selbst aber hinter der Balkonwand versteckt sind.

Julia legt das Netz bereit. Sie faltet es, damit es sich gut werfen lässt. Bei dem Gedanken an ihre zappelnde Beute, die sich in dem Netz verfangen soll, kichern sie. Aber noch ist es nicht so weit. Zuerst gibt es eine ganze Menge zu beobachten. In der lauen Sommernacht sind viele Menschen unterwegs. Mit dem Fernglas guckt Julia sich verdächtige Personen ausgiebig an.

Kurz vor ein Uhr kommt ein junger Mann in einer schwarzen Lederjacke auf das Haus zu. Genau unter der Laterne bleibt er stehen.
»Da, der muss es sein!«, flüstert Tim und greift schon nach dem Netz.
»Warte!«, flüstert Julia zurück. »Wir haben noch keine Beweise. Erst wenn er klopft, werfen wir!«
Gespannt verharren sie hinter dem Geländer. Plötzlich gehen die Straßenlaternen aus, es schlägt ein Uhr. Fast gleichzeitig flammt es unten hell auf. Julia und Tim erschrecken.
Doch dann atmen sie erleichtert auf. Der verdächtige Mann hat sich nur eine Zigarette angezündet. Sie sehen die rötliche Glut als kleinen Punkt in der Dunkelheit verschwinden.
»Puh!«, stöhnt Julia. »Mir schlottern die Beine. Stell dir vor, wir hätten den gefangen!«

Sie brauchen eine Weile, um sich von dem Schreck zu erholen. Die Straße ist inzwischen menschenleer, alles ist stockdunkel.

»Da!« Tim hält seinen Zeigefinger an die Lippen. »Ich höre Schritte, schlurfende Schritte und Gemurmel.«

Julia lauscht. Das Geräusch kommt näher. Jemand torkelt um die Ecke, er stützt sich am Haus ab. Während er sich an der Hauswand entlangtastet, hört man ein lautes Kratzen.

»Er muss etwas in der Hand haben«, flüstert Julia. Und dann gluckert es, wie wenn jemand aus der Flasche trinkt. Der Mann torkelt ein paar Schritte weiter, dabei knallt die Flasche einige Male gegen Tante Doras Rolladen. Es gluckert wieder, dann hören sie die Flasche zu Boden fallen.

Als der Betrunkene genau unter dem Balkon steht, nimmt Tim das Netz. Im selben Moment stürzt Tante Dora auf den Balkon.

»Es hat schon wieder . . .« Weiter kommt

sie nicht. Julia richtet kurz die Taschenlampe auf den Betrunkenen, der verstört nach oben blinzelt. »Aber, aber ... das ist doch Herr Remmer! Dass ich darauf nicht gleich gekommen bin«, flüstert Tante Dora.

Inzwischen hat sich Herr Remmer an der Hauswand entlanggeschoben. Er schaukelt zum nächsten Zaun und biegt schwungvoll in seinen Eingang ab.

»Deshalb war er immer so schnell verschwunden.« Tante Dora schüttelt den Kopf. »Der Kronkorken hätte mich darauf bringen sollen. Ich weiß doch, dass Herr Remmer Dusel-Bräu trinkt.«

»Und nun?«, fragt Julia.

»Jetzt, wo ich weiß, was es ist, erschreckt mich das Geräusch nicht mehr so sehr«, antwortet Tante Dora. »Vielleicht rede ich mal mit Herrn Remmer. Unser Fall ist jedenfalls erfolgreich abgeschlossen. Vielen Dank an die beiden Detektive Tim und Julia. Ab morgen könnt ihr euch dann erholen. Mittags werde ich was Schönes kochen und am Nachmittag machen wir einen Ausflug an die See!«

Das geheimnisvolle Boot

Julia, Tim und Martin verbringen ihre Sommerferien in einem Ort mit großem Bootshafen. Die Eltern mieten für ein paar Tage ein kleines rotes Boot, an dem in verschnörkelter Schrift der Name Karoline steht.

Martin ist begeistert, als sie zu ihrer ersten Bootstour aufbrechen. »Toll ist das! Ich glaube, ich werde später Kapitän. Immer so auf dem Wasser, das stelle ich mir schön vor.«

Julia kichert. »Kapitän Martin auf großer Fahrt. Nimmst du uns mit?«

»Na klar! Ihr dürft mit mir um die Welt fahren, wohin ihr wollt.«

»Spinner!«, sagt Tim nur, der in der Zwischenzeit das Boot genau untersucht hat. Er zieht die Schwimmwesten unter den

Sitzen hervor, klappt den kleinen Tisch runter und pfeift plötzlich durch die Zähne.
»Was ist denn das? Hier hat jemand einen Brief versteckt. Und ratet mal, was darauf steht!«
»Nun sag schon!« Julia und Martin beugen sich zu ihm hinunter.
Tim streicht ein feuchtes Stück Papier glatt.
Es ist zerknittert und an den Rändern ausgefranst. »Für Martin, Julia und Tim« steht auf dem Umschlag.
»Aber das ist nicht möglich!«, ruft Julia. »Hier kennt uns doch keiner!«
Als Tim den Brief ins Licht hält, wird alles noch viel geheimnisvoller. Gespannt versuchen sie die Wörter zu entziffern. An den zerfetzten Rändern fehlt ein Teil. Aber die Mitte können die Kinder gut lesen:

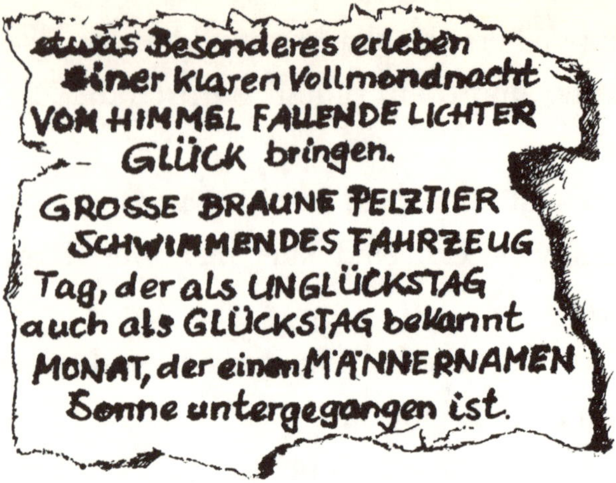

Immer wieder liest Tim den Brief laut vor.
»Und das soll für uns sein? Ich kann es nicht glauben«, sagt Julia.
Martin denkt nach. »Vielleicht ist das irgendwie verschlüsselt, wie eine geheimnisvolle Botschaft?«
Julia schüttelt den Kopf. »Ich verstehe das nicht. Wer sollte uns so eine Botschaft schicken wollen?«

Während der Bootsfahrt beschäftigen sich die drei immer wieder mit dem Brief. Sie überlegen, was die unvollständigen Sätze

und Wörter bedeuten könnten. Warum sind einige Wörter nur in Großbuchstaben geschrieben?
»Ich hab's!«, ruft Tim. »Für die Wörter in Großbuchstaben muss man eine andere Bedeutung finden, so wie für den Tag, der als Glückstag und gleichzeitig als Unglückstag bekannt ist. Das ist doch Freitag, der 13. Was haben wir denn heute?«
Martin guckt auf seine Uhr. »Den 12., Donnerstag, den 12. August.«
»Und August ist ein Männername!«, ruft Julia. »Also geht es um etwas, das morgen passiert.«
»Und zwar in der klaren Vollmondnacht, wenn es eine wird«, ergänzt Tim. »Da sollen wir nämlich etwas Besonderes erleben. Aber was ist mit dem großen braunen Pelztier gemeint?«
Julia und Martin wissen es auch nicht.
»Schwimmendes Fahrzeug ist klar – ein Boot!«, ruft Martin. »Doch was sollen die

vom Himmel fallenden Lichter bedeuten?«

»Kommt mir vor wie im Sciencefictionfilm«, meint Julia.

»Quatsch mit Soße!«, ruft Tim. »Vom Himmel fallende Lichter, die Glück bringen, sind Sternschnuppen. Du weißt doch, wenn du eine fallen siehst, darfst du dir was wünschen.«

»Sternschnuppen? Ich habe noch nie welche gesehen!«, sagt Julia.

Obwohl die Kinder den ganzen Tag auf dem Boot über die merkwürdige Botschaft gegrübelt haben, sind sie am Abend immer noch nicht viel schlauer. Als sie wieder am Bootssteg festmachen, fällt ihnen auf, dass am Nachbarboot eine Flagge mit einem Bären flattert.

»Guckt mal, ein großes braunes Pelztier! Na, geht euch ein Licht auf?«, flüstert Tim. Die beiden anderen nicken. Ob das das ge-

heimnisvolle Boot ist? An Bord ist niemand zu sehen. Still schaukelt es im leichten Wellengang. Zu gern würden die Kinder es genau untersuchen. Aber daraus wird nichts. Es soll erst mal Abendessen geben.
»Wir kommen nachher noch mal wieder«, flüstert Julia den Jungen zu.
Beim Abendessen sind die Kinder so zappelig, dass Julias und Tims Mutter sagt: »Was ist mit euch los? Habt ihr euch auf dem Boot heute nicht genug austoben können?«
Julia nutzt sofort die Gelegenheit: »Ja, das ist es! Wir müssen unbedingt noch ein bisschen herumlaufen!« Sie zwinkert den Jungen zu und so dürfen sie noch einmal für eine halbe Stunde nach draußen, obwohl es schon ziemlich spät ist. Schnell laufen sie zum Hafen. Nicht weit von dem geheimnisvollen Boot bleiben sie stehen. Jetzt scheint jemand an Bord zu sein. Die Kinder schleichen zu ihrem Mietboot und verste-

cken sich so, dass sie das Nachbarboot gut beobachten können.
»So, die nächste Ladung!«, hören sie einen Mann rufen. Ein junger und ein älterer Mann in Sportkleidung klettern auf den Steg. Beide sehen ziemlich unauffällig aus, aber gerade das kann verdächtig sein. Die Kinder schnappen Satzfetzen auf wie »... reicht es«, »... mehr als genug ...«, »'ne Menge Kohle ...«, »darf ... nicht wissen!«. Als die Männer zu einem Auto gehen, das vor dem Steg geparkt ist, und noch mehr Kartons und Kisten auf das Boot schleppen, sind die Kinder überzeugt, dass es sich um Schmuggler handelt.
Martin schleicht in einem passenden Augenblick zu dem Auto und lernt schnell die Autonummer auswendig: B-LX 7849.
»Eine Berliner Nummer«, flüstert er, als er zurückkommt. »Dann ist das auf der Flagge der Berliner Bär! Dass wir darauf nicht eher gekommen sind!«

»Hoffentlich hauen die bald ab, unsere halbe Stunde ist gleich um und ich möchte unbedingt wissen, was die eingeladen haben.«
Sie haben Glück. Die Männer scheinen mit der Arbeit fertig zu sein, sie steigen ins Auto und brausen davon.
»So, jetzt oder nie!«, ruft Julia, hüpft vom Boot auf den Steg und von da aus ins Nachbarboot. In den Kartons und Kisten lagern Flaschen mit Sekt, Wein, Rum und Whisky.
»Mensch«, ruft Martin, »die schmuggeln Alkohol!«
»Los, schnell nach Hause!«, mahnt Julia. »Wir haben versprochen in einer halben Stunde zurück zu sein.«
Vor dem Schlafengehen beraten die drei sich noch eine Weile über ihre Entdeckung und die seltsame Botschaft.
»Irgendwas stimmt da nicht«, meint Tim. »Schmuggler wollen doch bestimmt nicht entdeckt werden. Warum schreiben sie dann Briefe an Kinder?«

»Du hast Recht«, gibt Martin zu. »Vielleicht war der Brief gar nicht für uns bestimmt, sondern für ihre Kunden. Deshalb die Verschlüsselung. Aber warum stehen dann unsere Namen drauf?«
Julia gähnt. »Irgendwas ist faul, ich spüre es im großen Zeh! Lasst uns erst mal schlafen, manchmal kommen mir im Traum ganz brauchbare Ideen.«
Doch weder in der Nacht noch am nächsten Morgen kommt ihr die gewünschte Erleuchtung. Die Kinder beobachten das Boot bis zum Mittag. Nichts rührt sich.
Tim ist sauer. »Das finden wir nie heraus! Wir kommen einfach nicht weiter!«
Doch am Nachmittag tauchen die Männer plötzlich wieder auf. Sie schleppen noch mehr Kartons herbei und verstauen sie im Innern des Bootes. Leider können die Kinder nicht alles sehen, was im Boot vor sich geht. Von weitem hören sie die Männer hämmern und pfeifen.

»Die scheinen gut drauf zu sein. Wird sicher ein prima Geschäft mit dem Schnaps«, sagt Martin.

»Könnten wir es ihnen nicht verderben?«, fragt Julia. »Eigentlich müssten wir doch die Polizei anrufen.«

Doch Tim findet das zu voreilig. »Warten wir erst mal ab. Vielleicht sind sie ja wirklich so harmlos, wie sie aussehen.«

So bleibt den Kindern nichts anderes übrig, als weiter auf der Lauer zu liegen. Als es ihnen langweilig wird, holt Tim noch einmal den Brief hervor.

Alle starren auf das Blatt und grübeln vor sich hin.

»Mir qualmt die Birne«, stöhnt Martin.

Tim meint: »Ich werde das Gefühl nicht los, dass wir einen Fehler gemacht haben.«

Julia stimmt ihm zu. »Aber es bleibt nicht mehr viel Zeit. Die Sonne geht bald unter. Halt, wartet mal! Wir haben tatsächlich was durcheinander gebracht. Hier steht, dass wir in einer klaren Vollmondnacht, also heute, dem 13. August, Sternschnuppen und das große braune Pelztier sehen. Das hört sich nicht so an, als wäre damit ein Bär auf einer Flagge gemeint.«

Tim springt plötzlich auf und fuchtelt wild mit den Armen. »Das ist es! Ich glaube, ich hab's!«

Julia und Martin gucken ihn zweifelnd an. Aber er sagt nur: »Wenn der Himmel klar bleibt, sehen wir heute Abend ein großes braunes Pelztier, aber nicht auf einer Flagge.«

»Geheimniskrämer!«, schimpft Julia. »Und was hat das dann mit unseren Schmugglern zu tun?«

Die Frage beantwortet sich im nächsten Augenblick von selbst: Sie beobachten, wie mehrere Leute, Männer und Frauen, zu dem Boot mit der Berliner Flagge kommen. Die beiden »Schmuggler« sind gerade dabei, Girlanden zu befestigen. »Herzlich willkommen!«, rufen sie den Leuten zu, die ins Boot klettern. Zur Begrüßung bekommt jeder ein Glas Sekt gereicht.

»Die feiern eine Party, deshalb die vielen Getränke. Oh, wir Dussel!«, ruft Julia. »Kommt, damit brauchen wir uns nun nicht mehr aufzuhalten. Wir waren auf der völlig falschen Spur. Aber vielleicht finden wir die Lösung doch noch.«

Flink kundschaften die Kinder den Hafen aus. Sie laufen jeden Bootssteg entlang, lesen die Namen der Boote und beobachten die Leute.

»Wenn wir nur wüssten, wonach wir suchen«, jammert Julia. In der Dämmerung hat sie Mühe, die Namen auf den Booten zu entziffern. Seemöwe, Katarina, Sternschnuppe . . .

»Sternschnuppe!«, ruft Julia. »Und seht mal, was da auf dem Deck steht, ein Fernrohr!«

»Teleskop!«, ruft Tim.

Neben dem Teleskop sehen sie mehrere

Kinder und einen hageren, älteren Mann mit weißem Haar und einem freundlichen Gesicht.

»Seid ihr Julia, Tim und Martin?«, fragt er.

»Ja, aber woher wissen Sie das?«, fragt Martin verblüfft.

»Ich arbeite für die Kurverwaltung«, erklärt der Mann. »Wenn sich neue Gäste mit Kindern anmelden, bekommen die Eltern für ihre Kinder eine verschlüsselte Einladung. Einige Eltern entschlüsseln sie zusammen mit ihren Kindern, andere tun so, als wüssten sie nichts davon, und lassen die Kinder rätseln.«

Tim nickt. »Wir haben ganz schön herumgerätselt. Und dass Mama und Papa von Anfang an Bescheid wussten ...«

»Meine Eltern haben den Brief an meine Angel gehängt«, erzählt ein kleiner Junge.

»Ein guter Fang«, meint der weißhaarige Mann, der sich als Herr Rabe vorstellt. »Ich glaube, nun sind alle Kinder da«, sagt er. »Ich bin Sternkundler und möchte euch heute Abend ein bisschen über den Sternenhimmel erzählen. Zum Glück haben wir einen sehr schönen klaren Himmel. Heute ist eine besondere Nacht, in der viele Lichter vom Himmel fallen sollen. Wisst ihr, wie man so einen herunterfallenden Stern nennt?«

»Klar«, ruft Martin, »genau wie Ihr Boot: Sternschnuppe!«

»Richtig! Und das große braune Pelztier, was ist das?«

»Ein Bär«, sagt Julia.

»Ja, das ist auch richtig. Aber es ist nicht irgendein Bär gemeint.«

»Ein Bär am Himmel«, sagt der kleine Junge.

»Der Große Bär!«, ruft Tim. Hatte er doch richtig gedacht!

Nun ist der Sternkundler zufrieden. »Genau, der Große Bär. Das ist ein Sternbild, eine Gruppe von Sternen, die man Großer Bär

nennt. So wie es die Milchstraße gibt und die uns bekannten Sternbilder wie zum Beispiel Fische, Löwe, Waage und so weiter.«
»Ich bin Stier!«, ruft der Kleine dazwischen.
Alle lachen. Und dann erfahren sie noch viele spannende Geschichten über Planeten am Himmel, die sie später mit dem großen Fernrohr, einige sogar mit bloßen Augen sehen können.

Europa-Detektive

In zwei Wochen fangen die Sommerferien an, doch Julia und Tim wissen immer noch nicht, wohin sie fahren.
»Warum machen Mama und Papa so ein Geheimnis daraus?«, fragt Julia.
»Es soll eine Überraschung werden«, antwortet Tim. »Hoffentlich eine gute, ich habe nämlich keine Lust, dauernd irgendwelche Gebäude zu besichtigen. Wenigstens darf Martin mitfahren.«
Beim Abendessen versuchen die beiden noch einmal ihre Eltern auszufragen.
Aber die Mutter sagt: »Diese Ferienreise wird ganz anders sein als das, was wir sonst gemacht haben. Wir werden bestimmt Spaß haben, da bin ich ziemlich sicher.«
Mehr kriegt man nicht aus ihr heraus. Da

kann man nur hoffen, dass die Eltern irgendwann versehentlich etwas verraten.

»Wir müssen es rausfinden, es macht mich ganz kribbelig!«, meint Tim, der an nichts anderes mehr denken kann. Als Tim am nächsten Tag vor dem Sportunterricht in seine Turnschuhe schlüpfen will, spürt er etwas an seinem linken großen Zeh. Verwundert zieht er einen Zettel aus dem Schuh und faltet ihn auseinander. Mit schwarzer Tinte steht dort geschrieben:

Das ist ja ganz leicht!, denkt er. Aber was soll das? In der Pause zeigt er Julia und Martin den Zettel. Auch sie wissen sofort die Antwort.

Und Julia sagt: »Guck mal, was in meinem Mathebuch lag:

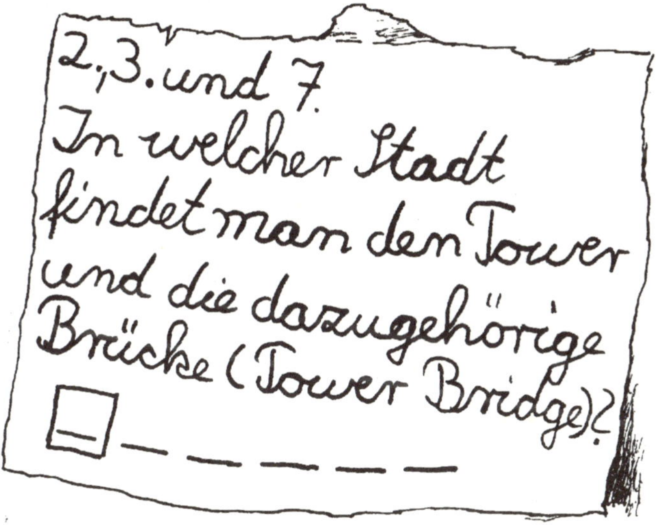

»Ich verstehe nur Bahnhof!«, schimpft Martin. »Welche Stadt das ist, weiß ich, aber woher kommen diese Quizfragen in euren Sachen?«

Julia hat zwar einen Verdacht, aber sie

grinst nur und sagt: »Vielleicht finden wir noch mehr davon.«
Aber sosehr sie auch suchen, an diesem Vormittag sind keine Zettel mehr zu entdecken.
Nach dem Mittagessen holt Martin die Freunde zum Schwimmen ab. »Ich glaube, ich weiß es«, sagt er. »Vielleicht wollen eure Eltern uns mit den Quizfragen unsere Ferienziele verraten.«
Julia ist entsetzt. »Im Hochsommer in die Großstadt? Ohne mich!«
»Das würden sie selbst nicht wollen, wo sie doch so für die Natur sind«, meint Tim.
Auf dem Rasen beim Schwimmbecken breiten sie ihre Decke aus. Julia zieht ihr Handtuch aus dem Rucksack und will es gerade auf die Decke legen, als etwas Weißes herausfällt.
Martin greift sofort danach: »Das gibt's nicht! Noch eine Quizfrage:

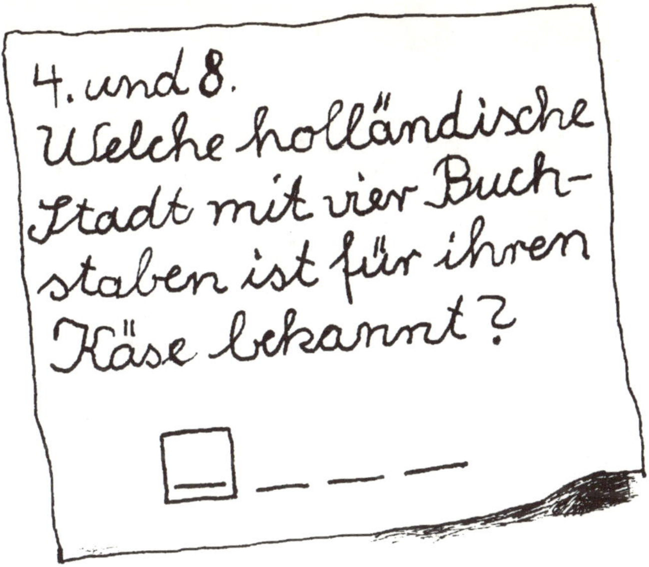

»Außer Gouda fällt mir im Moment nichts ein und der hat fünf Buchstaben. He, Tim! Du bist doch hier der große Käsefresser!«, ruft Martin.

Tim, der gerade dabei ist, seinen großen Wasserball aufzupusten, dreht die Öffnung zu Martin und bläst ihm die Luft ins Gesicht.

Kichernd lässt Martin sich nach hinten fallen. Eine Weile bleibt er liegen, bevor er wieder aufsteht und sich die Haare rauft:

»Ich kapier das nicht! Wieso kriege ich nie solche Zettel?«

»Ist doch egal«, meint Julia. »Hauptsache, es macht Spaß. Vielleicht kommt am Ende ein Lösungswort heraus, mit dem wir etwas gewinnen können. Wäre doch nicht schlecht, oder?«

Die Jungen stimmen ihr zu. »Zu Hause werden wir alles aufschreiben, was wir wissen. Wegen der Käsestadt können wir im Atlas nachsehen.«

»Aber jetzt will ich erst mal ins Wasser!«,

ruft Julia und schnappt sich den Wasserball, den ihr Bruder gerade wieder aufgeblasen hat.
Bevor die Jungen ihr folgen, durchsuchen sie ihre Rucksäcke nach geheimnisvollen Zetteln. Aber sie finden nichts.
Martin mault: »Julia hat schon zwei Zettel gefunden und du einen. Wieso bekomme ich keinen?«
»Vielleicht weiß der Zettelschreiber nicht, dass du lesen kannst!«, ruft Tim, woraufhin Martin ihn sofort packt und ins Wasser schmeißt.
Tim schreit, taucht aber gleich wieder auf und ruft: »Das war die Rache für den Käsefresser!«
Martin springt neben Tim ins Becken, sie balgen so lange im Wasser herum, bis der Bademeister pfeift.
Abgekämpft liegen sie später auf ihren Handtüchern.
»Kommst du noch mit zu uns, Martin?«,

fragt Julia. »Mama hat Erdbeertorte gemacht.«

»Hmmm, Erdbeertorte! Die lasse ich mir natürlich nicht entgehen!«

Hungrig schwingen die drei sich auf ihre Räder und freuen sich auf Erdbeertorte und Kakao. Der Tisch auf der Terrasse ist schon gedeckt.

Tim holt noch schnell einen Zettel und eine Karte von Holland. Mit den entsprechenden Ziffern schreiben sie alle Buchstaben untereinander. »So, eins bis drei und sieben haben wir schon, für vier, fünf, sechs und acht fehlt uns noch die Lösung.«

Er faltet die Karte auseinander. »Gouda, Leerdam ... Edam! Edamer! Klar, das passt!«

Hinter 4. und 8. notiert er ein ›E‹. Aber mit dem Buchstabensalat können sie immer noch nichts anfangen.

»Da muss sich der Zettelschreiber noch ein bisschen mehr ausdenken«, meint Martin mit vollem Mund. Er guckt auf die

Uhr. »Oh, ich muss nach Hause, habe versprochen einzukaufen.«
Schnell wischt er die letzten Krümel vom Teller, schnappt seinen Fahrradhelm und steigt aufs Rad. »Tschüss, bis morgen!«
Julia und Tim rätseln noch an den Buchstaben herum, als plötzlich das Telefon klingelt. Kaum hat Julia abgehoben, da tönt ihr Martins aufgeregte Stimme entgegen: »Rate mal, was ich gefunden habe!« Ohne die Antwort abzuwarten, fügt er hinzu: »Einen Zettel mit einer Quizfrage! In meinem Fahrradhelm! Als ich ihn zu Hause abnahm, flog der Zettel heraus.«

»Und was steht drauf?«

Martin liest vor:

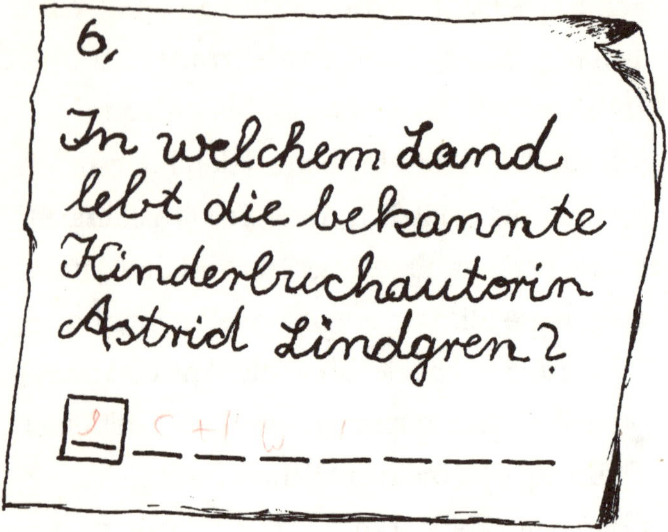

»Das ist ja wohl leicht!«, ruft Julia. »Prima, dann haben wir noch einen Buchstaben mehr. Gibt aber trotzdem keinen Sinn.« Julia und Tim sehen auch in ihren Fahrradhelmen nach, aber sie finden nichts.

Auch am nächsten Morgen in der Schule fällt ihnen aus keinem Buch ein Zettel ent-

gegen, obwohl sie alle Bücher und Hefte gründlich untersuchen und schütteln.
Ziemlich enttäuscht machen sie sich mittags auf den Heimweg. Bevor sich ihre Wege trennen, verabreden sich die Geschwister für den Nachmittag mit Martin.
Tim schlägt vor: »Lasst uns Eis essen gehen, es ist so heiß heute.«
Wie immer holt Martin die beiden ab. Auf dem Weg zur Eisdiele stöhnen sie.
»Wenn wir doch schon Ferien hätten, dann könnten wir jetzt vielleicht im Meer schwimmen!«
Martin kichert: »Oder in den Bergen jodeln. Aber wir wissen ja immer noch nicht, wohin es geht.«
»Das werden wir wohl auch nicht vorher rauskriegen, so verschwiegen, wie Mama und Papa sind.«
Julia entscheidet sich für Vanille und Schoko. Tim überlegt noch.
»Käse-Eis gibt es nicht!«, sagt Martin.

Tim guckt ihn böse an und knufft ihn in die Seite. »Blödmann!«
Julia öffnet ihre Geldbörse, um zu sehen, wie viele Kugeln sie sich kaufen kann. »Mich haut's vom Hocker!«, ruft sie plötzlich.
»Wieso? Hat dein Geld Junge gekriegt?«
»Junge nicht, aber einen Zettel:

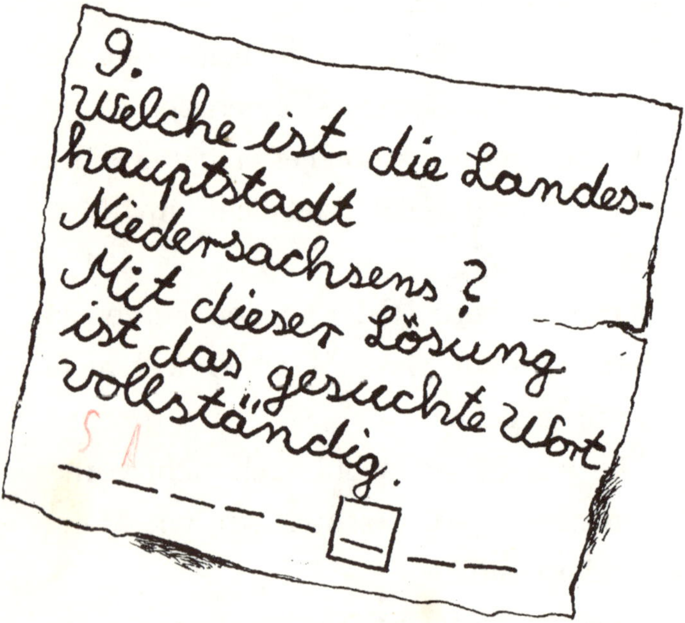

Hast du unser Blatt mit, Tim, auf dem wir alles aufgeschrieben haben?«

Tim zerrt das Papier aus seiner Hosentasche. »Die Stadt heißt doch Hannover, also muss ein ›V‹ zu 9. gesetzt werden. So, was haben wir jetzt?«

»Jetzt haben wir alles bis auf 5. Aber bei 9. stand, dass das Wort vollständig ist, also müssen wir den 5. Zettel übersehen haben. Irgendwo in unseren Sachen muss er sein!«

Julia untersucht sofort ihre Hosentaschen. Aber außer ihrer Geldbörse findet sie nichts.

Als Martin den Inhalt seiner Hosentasche auf dem Tresen ausbreitet, lacht Tim. »Das ist ja ein halber Kramladen!«

»Ich hab eben immer alles dabei«, verteidigt sich Martin. »Wenn ihr mal ein Taschenmesser mit Minisäge oder Nagelfeile braucht, einen Bleistiftstummel oder einen Anspitzer, ein Viertel Radiergummi oder ein paar vertrocknete Kastanien . . .«

»Ein Taschentuch wäre mir jetzt lieber, aber das sehe ich in deiner Sammlung leider nicht«, sagt Julia, die mehrmals hinterein-

ander niesen muss. »Mist! Immer, wenn ich Eis esse, kriege ich diese Niesanfälle.«
Tim holt eine Packung Papiertaschentücher aus seiner Tasche und reicht sie Julia. Schniefend zieht sie ein Tuch heraus, dabei fällt ein weiteres zu Boden.
Tim hebt es auf. »Das ist ja gar kein Taschentuch.«
Als er es auseinander faltet, lacht er. »Und hier ist auch schon Quizaufgabe Nummer fünf, wie auf Bestellung. Allerdings hätten wir sie wohl schon früher finden sollen, ich habe nur lange kein Taschentuch mehr benutzt.

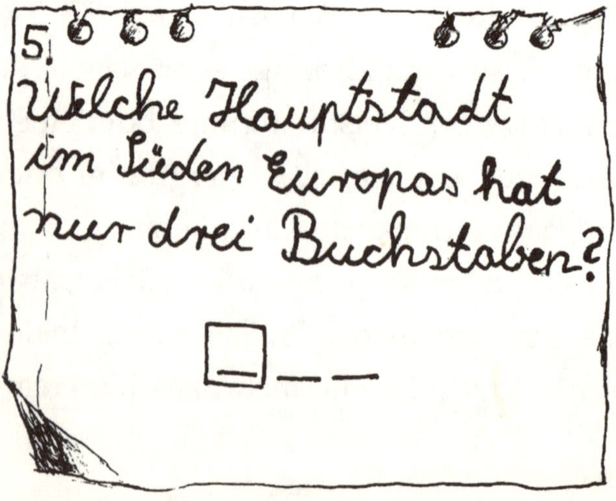

»Das könnte Rom sein«, meint Julia. »Erst gestern hatte ich das im Kreuzworträtsel. Nimm mal dein Gerümpel vom Tisch, Martin, dann können wir unseren neuen Buchstaben dazuschreiben und sehen, was rauskommt.«

1.	P	A	ris
2.		L	ondon
3.		L	ondon
4.		E	dam
5.		R	om
6.		S	chweden
7.		L	ondon
8.		E	dam
9.	Hanno	V	er

»Komisch, das Lösungswort heißt ALLERSLEV! Ob wir was falsch gemacht haben? Was könnte ALLERSLEV sein? Was zu essen? Ein Nachname? Der Titel eines Popsongs? Plattdeutsch?«

Ratlos sehen die drei sich an. Das ist kein Lösungswort, sondern wieder ein neues Rätsel. Was ist ALLERSLEV?

»Ich finde, es hört sich wie ein Name an«, meint Julia. »Wenn wir zu Hause sind, gucken wir ins Telefonbuch. Vielleicht können Herr oder Frau Allerslev uns weiterhelfen.«

Doch Martin sagt: »Ich glaube, ich habe schon mal von einer plattdeutschen Musikgruppe gehört, die so oder so ähnlich heißt. Wir können gleich zu Grashof gehen und die CDs und Kassetten durchgucken.«

Vom Eis erfrischt machen sich die Kinder an die Arbeit. Im Musikhaus Grashof suchen sie die CDs und Kassetten durch. Als sie nichts finden, fragen sie einen Verkäufer.

Der sieht in seinem Computer nach, dann schüttelt er den Kopf. »Nein, tut mir Leid. Allerslev gibt es hier nicht, weder als Titel noch als Popgruppe oder unter

Heimatmusikanten. Wo habt ihr sie denn gehört?«

Die Kinder erzählen ihm, dass sie Allerslev als Lösungswort bei einem Quiz herausbekommen haben und nicht wissen, was es ist. Der Verkäufer reibt sich das Kinn und runzelt die Stirn.

»Der Name kommt mir irgendwie bekannt vor. ›Allerslev‹ . . .«, murmelt er vor sich hin. »Ich hab's! In der Stadt gibt es ein Hotel oder eine Gaststätte mit diesem Namen.«

Die Kinder bedanken sich. »Also doch das Telefonbuch«, sagt Julia draußen vor der Tür. Die Telefonzelle ist schnell gefunden. Sie quetschen sich zu dritt hinein und schlagen das dicke Buch auf. »Mist! Genau die Seiten fehlen natürlich! Rausgerissen und angekokelt – Schweinerei!« Wütend verlassen sie das Häuschen und machen sich auf die Suche nach dem nächsten. Hier ist das Telefonbuch zwar auch zerfleddert, aber wenigstens ist noch alles lesbar. Zuerst gucken sie bei Hotels und Gaststätten nach.

»Hier! Hotel Allermann! Das meinte der Typ wohl, können wir gleich vergessen.« Martin blättert weiter. »A-l-l-e-r-s-l-e-g! Es gibt eine Frau Erika Allersleg. Ob wir bei unserem Lösungswort einen Fehler gemacht haben?«

»Kann eigentlich nicht sein. Hannover ist richtig und der 6. Buchstabe muss ein ›V‹ sein.«

»Versuchen wir es trotzdem, Fragen kostet ja nichts.«

»Doch, dreißig Pfennig!«

»Na, wennschon. Aber was sagen wir?«

»Lass mich mal!« Julia kramt drei Groschen aus ihrer Geldbörse.

»Allersleg?«, meldet sich eine etwas schrille Stimme am anderen Ende.

»Ja, guten Tag, Frau Allersleg, hier ist Julia. Wir haben Ihren Namen als Lösungswort bei einigen Quizfragen rausbekommen. Können Sie uns da irgendwie weiterhelfen?«

Die Frau am anderen Ende ist erst mal sprachlos. Dann tönt sie mit lauter Stimme: »Was? Meinen Namen als Lösungswort? Was fällt dir ein? Mein Name . . .«

Julia unterbricht: »Entschuldigen Sie, es ist nicht genau Ihr Name. Wir haben ›Allerslev‹ herausbekommen, mit ›V‹ am Ende.«

Empört antwortet die Frau: »Mein Name ist Allersleg, eigentlich ›von Allersleg‹, alter Adel. Meine Vorfahren . . .«

Julia hält den Hörer weiter vom Ohr ab, die Frau wird immer lauter und eifriger im Erklären aller Zusammenhänge ihrer Verwandtschaft. Julia lässt sie reden und wartet kichernd auf eine Gelegenheit, den Redestrom zu unterbrechen.

». . . mein Cousin, Bernhard von Allersleg . . .«

»Vielen Dank, Frau Allersleg«, sagt Julia

da entschlossen. »Ich glaube, wir haben uns versehen, tut mir Leid, auf Wiederhören.«

»Mann, die wird enttäuscht sein, dass ihr nun keiner mehr zuhört«, meint Martin, als Julia einhängt.

»Die hätte mich bis morgen früh voll gelabert, wenn ich sie gelassen hätte«, stöhnt sie und verdreht die Augen. »Bloß raus hier, aus diesem Backofen!«

»Ich brauch gleich noch ein Eis«, jammert Tim und wischt sich den Schweiß von der Stirn.

Doch das Geld reicht nicht mehr für ein zweites Eis und so machen die drei sich auf den Weg nach Hause. Ziemlich entmutigt grübeln sie vor sich hin.

Martin meint: »Ist doch komisch, dass einer uns zu einem Lösungswort verhilft und uns dann damit sitzen lässt. Ob es nicht doch eure Eltern waren?«

»Irgendwas stimmt hier nicht«, meint Ju-

lia. »Mein dritter oberer Backenzahn sagt mir, dass wir was übersehen haben.«
»Sagt er dir auch, was es ist?«
»Leider nicht, da müssen wir wohl unseren Grips anstrengen.«
»Ich muss erst meine kleinen grauen Zellen pflegen«, sagt Tim, als sie zu Hause ankommen. Er legt sich auf den Rasen in den Schatten und döst vor sich hin.
»Pssst!«, flüstert Julia Martin zu, sodass Tim es hören muss. »Monsieur Poirot der Zweite macht eine Denkpause.«
Aber Tim lässt sich nicht stören. Bald schnarcht er leise vor sich hin, während Martin und Julia weiter beraten.
Plötzlich springt Julia auf und läuft ins Haus. Sie bittet ihren Vater um den Autoatlas.
»Deutschland oder Europa?«, fragt ihr Vater.
»Beides!«
»Ich hatte die Eingebung, dass Allerslev

ein Ort sein könnte«, erklärt Julia den Jungen, als sie mit den Büchern in den Garten zurückkehrt.

Tim ist inzwischen auch wieder wach und reibt sich die Augen. Zuerst sehen die Kinder im Inhaltsverzeichnis von Deutschland nach.

»Allersberg, Allershausen, Allerstorf . . . nein, Allerslev scheint's hier nicht zu geben. Gucken wir mal bei Europa.«

Doch auch im Europa-Atlas finden sie kein Allerslev.

»Nun sind wir genauso weit wie vorher. Ich glaube, ich muss nach Hause.«

Martin hat Mühe, aufzustehen. »Morgen gibt's bestimmt hitzefrei, dann gehen wir wieder zum Schwimmen, ja? Und frag inzwischen mal deinen Backenzahn, wo dieses komische Allerslev liegt.«

»Wenn es wirklich ein Ort ist«, sagt Tim skeptisch.

»Wir müssen eben Europa-Detektive werden«, meint Julia. »Im Atlas von Deutschland sind auch kleinere Orte aufgeführt. Der Europa-Atlas hat einen ganz anderen Maßstab, kleine Orte sind nicht drin. Wenn Allerslev also nicht dabei ist, heißt das nicht, dass es das nicht gibt. Die Frage ist nur, in welchem Land?«

»Hört sich nach Holland an.«

»Jedenfalls mehr nach Norden als nach Süden. Bis morgen dann!«

Etwa eine halbe Stunde nach dem Abschied klingelt das Telefon. Martin ist am Apparat. »Stellt euch vor, als ich zu Hause meine Fahrradtasche aufmachte, lag eine Karte von Dänemark drin! Und ratet mal, was ich auf der Karte gefunden habe!«

»Allerslev!«, rufen Julia und Tim fast zur gleichen Zeit.

»Genau. Es liegt in der Nähe von Kopenhagen, Roskilde heißt der nächste größere Ort. Aber mehr weiß ich auch nicht.«

Tim hat eine Idee: »Wir könnten morgen in

der Bücherei die Reiseführer von Dänemark durchsehen. Vielleicht gibt es in Allerslev was Besonderes.«

»Prima, gleich nach der Schule gehen wir hin. Wenn es morgen hitzefrei gibt, dann kommen wir um zehn raus.«

Und tatsächlich zeigt das Thermometer schon um halb zehn 27 Grad im Schatten, sodass die Schüler nach der zweiten Stunde nach Hause gehen dürfen. Tim, Julia und Martin machen sich wie verabredet auf den Weg zur Bibliothek. Schnell haben sie vier Reiseführer von Dänemark gefunden. Aufgeregt blättern sie.

»ALLERSLEV, bei Lejre, Seeland – Seite 34. Das ist es!« Tim liest vor: »Hier gibt es Häuser aus der Neusteinzeit und eisenzeitliche Häuser zu besichtigen. Auch können Gruppen und Familien das ›Leben in der Steinzeit‹ erleben. Die Wartezeiten sind oft lang.«

»Mensch! Zeig mal her! Das sieht ja toll

aus. Menschen in Fellen arbeiten in einem Steinzeitdorf!«

»Ob Mama und Papa uns da angemeldet haben? Dann wären es wirklich besondere Ferien!«, meint Julia.

Sie leihen sich den Reiseführer aus und laufen nach Hause. Als sie in das Zimmer ihrer Mutter stürmen, um sie zu fragen, sitzt sie gerade am Schreibtisch. Vor ihr liegt ein farbiger Prospekt, steinzeitliche Häuser und Hütten sind darauf zu erkennen.

Sie schafft es nicht mehr, das Papier zu verstecken. »Ihr kommt schon so früh?«, fragt sie. Als sie den Reiseführer in Martins Hand entdeckt, lacht sie. »Na, dann habt ihr es ja doch herausbekommen! War es zu leicht?«

»Zuerst schon, aber wir wussten nicht, was mit dem Wort ALLERSLEV gemeint war.«

»Hast du uns denn auch angemeldet?«,

fragt Tim besorgt, der an die lange Wartezeit denkt.

»Ja, schon vor einem Jahr. Nur wenige Familien können in dem kleinen Dorf wohnen. Die Nachfrage ist groß. Habt ihr Lust?«

»Klar haben wir Lust. Das ist doch wirklich mal was ganz anderes! Kriegen wir auch Felle zum Anziehen? Und was essen wir?«

Die Mutter muss nun noch viele Fragen beantworten, bis sie endlich sagt: »Lasst euch überraschen!«

Graffiti

Julia, Tim und Martin lesen die Nachrichten an der Pinnwand in der Pausenhalle ihrer Schule. Martin wünscht sich ein Meerschweinchen und er hofft immer, dass jemand eins abzugeben hat.
»Du kannst ja auch selber einen Zettel anheften«, schlägt Tim vor.
»Mach ich morgen. Heute Nachmittag denke ich mir aus, was ich draufschreibe und dann male ich den Zettel in Schönschrift. Auch Streifen zum Abreißen müssen dran sein, mit Namen, Klasse, Telefonnummer und so.«
Julia sagt: »So wie bei dem da oben, nur dass auf den Abreißstreifen nichts steht. Das haben die Flip-Flops wohl vergessen.«
»Wer sind die Flip-Flops?«

»Keine Ahnung, aber die haben öfter Zettel an der Pinnwand.«

AN ALLE FLIP-FLOPS!
DAS NÄCHSTE TREFFEN
IST SEHR WICHTIG!!
WIR HABEN GROSSES
VOR!
KEINER DARF FEHLEN!

»Und sind die Streifen sonst auch leer?«, fragt Tim.

Julia reißt einen Streifen ab, betrachtet ihn von allen Seiten und zuckt mit den Schultern. »Keine Ahnung, ich hab nicht drauf geachtet. Aber die müssen ganz schön dösig sein, wenn sie das Wichtigste vergessen!«

»Vielleicht ist es Absicht«, meint Martin.

Doch Julia tippt sich an die Stirn. »Was soll das für einen Sinn haben? Kommt, wir fragen mal den Hausmeister, ob er weiß, wer die Flip-Flops sind.«

Doch der Hausmeister hat keine Zeit. »Ich muss die Stadtverwaltung anrufen«, sagt er im Vorbeigehen. »Jemand hat über Nacht die Wand am Schulhof besprüht!«
Neugierig laufen die drei nach draußen. Und tatsächlich, die ganze helle Wand ist voll mit grässlichen Monstern in allen Farben, Schimpfwörtern und Klecksen. Die halbe Schule hat sich vor der Mauer versammelt. Einige finden die Sprühereien ›cool‹ oder ›geil‹, andere ›blöd‹ und ›eklig‹.

Ein großer Junge neben Julia sagt: »Da wird der Hausmeister aber sauer sein!«
»Das kannst du glauben, der rast wütend durch die Flure und ist nicht ansprechbar.«
»Ob das welche von unserer Schule waren?«, fragt Martin.
»Das wird man wohl kaum rauskriegen, wenn man sie nicht auf frischer Tat ertappt«, meint der Große.

Als Martin am nächsten Morgen seinen Zettel »Wer hat ein Meerschweinchen abzugeben?« an die Pinnwand heftet, stutzt er: Von dem Flip-Flop-Zettel sind alle Streifen abgerissen. Als er Tim und Julia auf dem Schulhof davon erzählt, zucken die nur mit den Schultern.
»Wer sollte einen Papierstreifen mitnehmen, auf dem nichts steht? Das begreife ich nicht!«, sagt Tim.
»Die Doofen sterben eben nicht aus«, meint Julia.

Jeden Tag sieht Martin, wenn er in die Schule kommt, als Erstes nach, ob von seinem Streifen einer abgerissen ist. Und tatsächlich: Zwei Streifen fehlen. »Vielleicht wird es nun doch was mit meinem Meerschweinchen«, freut er sich.

In der nächsten großen Pause fehlt sogar schon der dritte Streifen. Martin malt sich aus, wie das Meerschweinchen aussehen soll. Am liebsten gelblich braun, vielleicht mit etwas Weiß. Aber natürlich würde er auch ein anderes nehmen, nur zahm und lieb müsste es sein.

Da platzt Julia in seine Tagträume, sie kommt gerade vom Sport. »Stell dir vor, die Turnhalle ist von drei Seiten besprüht worden! Mit ähnlichen blöden Monstern wie hier, also waren wieder dieselben Leute am Werk. Den Hausmeister solltest du mal sehen, der kriegt sich nicht mehr ein vor Wut!«

»Das kann ich mir vorstellen. Drei Wände? Mann, die waren aber fleißig! Das sind sicher mehrere«, vermutet Martin. Nach der Schule sehen sie sich gemeinsam die neuen ›Kunstwerke‹ an.

»Hey, Ole! Was machst du denn hier?«

Ole grinst. »Freistunde, nur kein Neid!«

»Der schwänzt bestimmt wieder«, flüstert Tim den anderen zu. »Deshalb ist er ja von der Schule geflogen, jetzt hat er wohl Sehnsucht.«

»Wie findet ihr das?«, fragt Ole.

»Hässlich! Wenn ich Wände besprühen müsste, würde ich Tiere und Blumen malen«, antwortet Martin.

»Lass es lieber! So was wird teuer, wenn man dich erwischt. Und dann kannst du dir für dein Meerschweinchen keinen Käfig leisten und musst es immer auf dem Arm tragen«, sagt Julia.

Martin lacht. »Wenn ich nur schon eins hätte!«

Er hat es plötzlich eilig, nach Hause zu kommen, es könnte ja jemand anrufen.

Doch der erwartete Anruf kommt nicht, obwohl Martin den ganzen Nachmittag in der Nähe des Telefons bleibt. Er beschließt am nächsten Tag mit rotem Stift noch das Wort DRINGEND! über seinen Wunsch zu schreiben.

Als er mit dem Rotstift vor der Pinnwand steht, entdeckt er eine neue Nachricht der Flip-Flops:

AN ALLE FLIP-FLOPS!!
EILT!!
NÄCHSTES TREFFEN
SEHR
WICHTIG! JEDER WIRD
GEBRAUCHT!!

Und darunter wieder die leeren Streifen zum Abreißen. Schnell reißt Martin sich einen ab. Sieben sind noch übrig. Wenn sich also acht Leute für diese Dinger interessieren, wird einer leer ausgehen, denkt er.

»Wir müssen genau beobachten, wer sich an der Nachricht zu schaffen macht«, schlägt Martin in der Pause vor.

»Es sind bestimmt welche aus den 5. und 6. Klassen«, meint Julia. Wahrscheinlich sind es die gleichen Typen, die mit den Grundschülern die Pausenhalle teilen und die die Jüngeren ständig anrempeln oder schubsen.

In den nächsten Pausen halten sich Julia, Tim und Martin in der Nähe der Pinnwand auf.

Und tatsächlich kommen immer wieder einzelne ältere Schülerinnen und Schüler, die sich schnell einen der unbeschriebenen Streifen abreißen und in die Hosentasche stecken.

Plötzlich ist Julia ganz sicher: »Die Strei-

fen sind nicht leer! Irgendwas muss da draufstehen!«
»Du meinst, mit unsichtbarer Tinte oder so?«, fragt Tim.
»Klar!«, ruft Martin. »Das wird es sein! Nun müssen wir nur noch herausfinden, wie wir das Geschriebene sichtbar machen.«
»So was geht, glaube ich, mit Bügeln.«
Die Kinder können es kaum noch abwarten, dass die Schule aus ist. Gleich nach der letzten Stunde laufen sie nach Hause, um die beiden Streifen mit dem Bügeleisen zu bearbeiten.
»Da! Da sieht man was! Braune Schrift! Mensch, guckt mal, was da steht: ein Treffpunkt. Wie wir es uns gedacht haben!«, ruft Tim und liest vor:

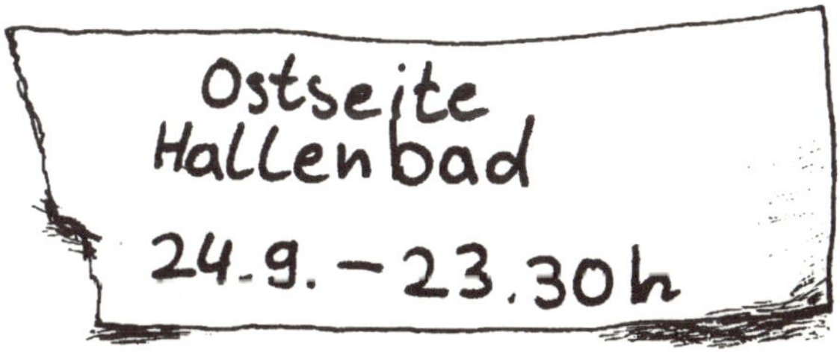

Und hier noch der alte Streifen von letzter Woche:

»Wisst ihr, was«, ruft Julia, »am 15. ist doch die Turnhalle besprüht worden! Die Flip-Flops sind also die Sprayer! Mit unsichtbarer Tinte teilen sie sich die Termine für ihre nächsten Aktionen mit.«
»Als Nächstes ist also das Hallenbad dran. Am 24.9., wann ist das? Übermorgen! Das müssen wir unbedingt verhindern!«
Martin denkt nach. »Sollen wir die Polizei verständigen?«
Doch Tim und Julia sind dagegen.
»Wir müssen uns selbst was einfallen las-

sen«, meint Tim. »Das Problem ist nur, dass sie mindestens acht Leute sind und wir nur drei.«

»Ich hab's!«, ruft Julia. »Die können was erleben!«

Sie holt ein Blatt Papier, eine Zitrone, ein Messer und eine Zitronenpresse.

»Hat jemand einen alten Federhalter?«

Die Jungen schütteln den Kopf.

Julia denkt nach, während sie die Zitrone auspresst.

»Dann nehmen wir einen Schaschlikspieß und etwas Watte. Wisst ihr noch, in welcher Farbe die sichtbare Nachricht geschrieben war?«

»Ja, einfach mit blauem Kuli, große Druckschrift, leicht nachzumachen.«

»Los geht's!«, ruft Julia, als sie mit einem Kugelschreiber, Holzspießen und einem Wattebausch zurückkommt. Mit dem Kuli schreibt sie in großen Druckbuchstaben quer über das Blatt:

AN ALLE FLIP-FLOPS!

GEPLANTES TREFFEN MUSS AUSFALLEN!

WEITERE NACHRICHTEN WIE GEHABT!

Dann sucht sie eine Schere und schneidet das Papier bis zur Mitte in acht Streifen. Um den Schaschlikspieß wickelt sie etwas Watte und taucht ihn in den Zitronensaft.

Die Jungen sehen zu, wie sie etwas auf die Papierstreifen schreibt, können aber nicht erkennen, was es heißen soll. Gespannt schauen sie Julia auf die Finger, die noch nichts verraten will, bis sie fertig ist.

»So«, sagt sie endlich und pustet das Geschriebene trocken, »ganz schön schwierig, mit dem Holz so klein zu schreiben.« Dann liest sie ihre unsichtbare Schrift vor:

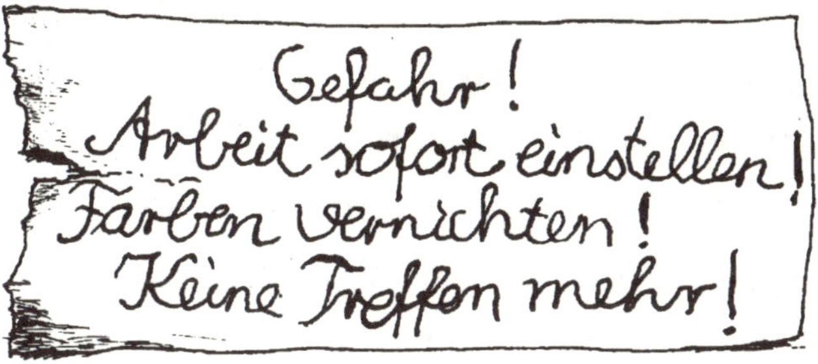

»Das wird sie schocken«, meint Martin.

»Hoffentlich klappt es«, sagt Tim. »Irgendwas scheint mir nicht ganz logisch. Wenn die solche Treffen verabreden, warum dann mit Zetteln an der Pinnwand? Sie könnten sich doch leicht auf dem Schulhof oder sonst wo absprechen!«

»Vielleicht haben sie Angst, zusammen gesehen zu werden. Was sie tun, ist schließlich ein Verbrechen, darauf steht bestimmt eine saftige Strafe!«

Aber Tim schüttelt den Kopf. »Es muss noch einen anderen Grund geben.«

»Ich habe einen Verdacht«, sagt Julia. »Ich bin gespannt, wen wir übermorgen beim Hallenbad sehen werden.«
»Aber wenn wir diesen Wisch an die Pinnwand hängen, kommt doch keiner, weil alle Schiss kriegen!«
»Doch! Einer müsste kommen«, meint Julia geheimnisvoll. »Der, der den letzten Zettel aufgehängt hat.«
»Und wenn es mehrere sind?«, fragt Tim.
»Wir werden sehen.«

Am nächsten Morgen heftet Julia ihren Zettel schon ganz früh an die Pinnwand in der Pausenhalle. Sie will sicher sein, dass sie nicht dabei beobachtet wird. Am Vormittag beziehen die drei in den Pausen Posten in der Nähe der Pinnwand und merken sich alle, die von der neuen Nachricht einen Streifen abreißen.
Und tatsächlich sind es dieselben Kinder wie beim letzten Mal. Wieder gehen sie ein-

zeln zur Pinnwand, nicken sich höchstens einmal zu oder werfen sich einen kurzen Blick zu. Diesmal sind die Blicke jedoch fragend. Keiner versteht, wieso das Treffen ausfallen soll. Die eigentliche Nachricht müssen sie ja zu Hause erst lesbar machen.
»Ich verstehe nicht, wieso sie nicht ihren Anführer fragen«, sagt Martin.
»Ganz einfach, weil sie ihn nicht kennen«, antwortet Julia.
Martin nickt. »Ich glaube, ich ahne auch etwas.«
Auch Tim durchschaut die Sache jetzt.
»Wir müssen morgen mindestens eine Stunde vor ihm beim Hallenbad sein.«
So machen sie sich am nächsten Abend schon um halb elf auf den Weg zum Hallenbad, um sich im nahen Gebüsch zu verstecken. Von hier aus können sie die Ostseite des Gebäudes gut überblicken. Die Kirchturmuhr schlägt elf, Viertel nach elf, nichts rührt sich.

Doch was ist das? Plötzlich schleicht eine gebückte Gestalt auf das Gebüsch zu. Obwohl sie versucht das Licht der Straßenlaterne zu meiden, erkennen die drei, wer es ist.
»Hab ich mir doch gedacht«, flüstert Julia. »Es konnte nur einer sein, der nicht an unserer Schule ist.«
»Ole, dieser hinterhältige Knilch!«, zischt Martin. »Mitzumachen traut er sich nicht. Lieber den Boss spielen, der unerkannt im Hintergrund bleibt. Er hat die Zettel geschrieben und sich in unsere Pausenhalle geschlichen, wenn keiner da war. Keiner der acht Flip-Flops weiß, dass er es ist, der die Fäden zieht, und jetzt will er sehen, ob alles läuft.«
»Gut, dass der nicht mehr auf unserer Schule ist, der hat mir immer ein Bein gestellt!«, schimpft Tim leise und hat große Lust, es ihm heimzuzahlen.
Die Kinder beobachten, wie sich Ole im Gebüsch verkriecht und wartet.

Der wird sein blaues Wunder erleben, denkt Martin. Die Kirchturmuhr schlägt halb zwölf. »So, gleich kann's losgehen!«, flüstert er.

Er gibt Julia die Trillerpfeife, Tim die Topfdeckel und er selber pustet schnell einen Luftballon auf. Mit dem Taschenmesser pikt er in den prallen Ballon, der mit ohrenbetäubendem Lärm zerplatzt. Sofort setzen die beiden anderen ein: Julia bläst so wild sie kann in die Trillerpfeife, Tim

schlägt mit aller Wucht die Topfdeckel zusammen. Dabei brüllen und schreien sie, dass es sich anhört, als säßen mindestens acht bis zehn Furcht erregende Monster im Gebüsch.
»Da läuft er, der Feigling!«, gluckst Martin, als er Ole wie einen Blitz aus dem Gebüsch springen und um die Ecke davonsausen sieht.
»So schnell war der bestimmt noch nie«, ruft Julia lachend.
Und Tim meint: »Das Beste ist, dass er denkt, seine eigenen Leute wollten ihn angreifen. Der wird ihnen jetzt wohl keine Liebesbriefe mehr schreiben und sie zu Schmierereien anstiften.«

Und tatsächlich macht Ole danach um ihre Schule einen großen Bogen. Die Flip-Flops scheinen die letzte Anweisung, nämlich die Arbeit einzustellen und die Farben zu vernichten, befolgt zu haben.

Besprühte Wände gibt es in der nächsten Zeit nicht wieder. Trotzdem behalten Martin, Julia und Tim jeden Tag die Pinnwand in der Pausenhalle im Auge. Man kann ja nie wissen!
Besonders Martin ist häufig an der Pinnwand zu finden. Auf seinen Zettel hat er nicht nur DRINGEND!, sondern auch noch EILIG! geschrieben.
Und endlich wird seine Geduld belohnt. Ein Mädchen aus der dritten Klasse meldet sich. Ihr Meerschweinchen hat Junge bekommen. »Du kannst sie dir angucken und eins aussuchen«, sagt sie.
Als Martin die kleinen Meerschweinchen sieht, würde er sie am liebsten alle mitnehmen. Aber das geht natürlich nicht. Deshalb sucht er sich das Schönste aus: ein gelblich braunes mit weißen Flecken und ein wenig Schwarz am Rücken.

Der Unsichtbare

An einem heißen Sommertag schlägt Julia nach der Schule vor: »Wir könnten heute ein Picknick machen!«
Tim und Martin sind einverstanden. Schnell packen sie ein paar leckere Sachen in den großen Picknickkorb. Martin klemmt die Wolldecke unter den Arm und schon geht es los.
»Auf der Wiese am Bach ist ein guter Platz«, meint Tim.
Die Kinder suchen sich eine weiche Stelle im Schatten einer großen Eiche aus. Erst einmal strecken sie sich auf der Decke aus, lauschen dem Plätschern des Baches und dem Vogelgezwitscher.
»Was knackt da dauernd?«, wundert sich Martin.
»Das sind wohl die Tauben. Hoffentlich

klecksen sie uns nicht auf den Kopf«, sagt Julia schläfrig und lässt sich nicht weiter stören.

Martin guckt erschrocken in den Baum hoch. Er springt auf, läuft zum Bach hinunter und macht es sich dort bequem. Aus einem Blatt Papier faltet er ein Boot, das er im Wasser schwimmen lässt.

»Die Strömung ist prima!«, ruft er den anderen zu. »Außerdem gibt es hier Stichlinge, kommt doch mal runter!«

Neugierig setzen sich Tim und Julia zu Martin ans Ufer und beobachten die kleinen Fische, die im klaren Wasser gut zu sehen sind.

»Wo ist mein Boot geblieben?«, fragt Martin plötzlich und läuft am Bach entlang. Doch das Boot ist verschwunden, nirgends hängt es fest und untergegangen ist es auch nicht.

»Merkwürdig«, murmelt er. »Aber jetzt knurrt mir der Magen. Wozu haben wir so leckere Sachen eingepackt?«

Doch als er in den Korb greift, schimpft er laut los: »He! Was soll das! Wer von euch war das?«

Julia und Tim starren Martin verständnislos an, aber als sie selbst in den Korb sehen, sind auch sie entsetzt: »Der ist ja fast leer! Das gibt's doch nicht, keiner von uns hat etwas davon gegessen!«

Sie schauen sich um, ob sie vielleicht einen Hund, Kühe oder Ziegen in der Nähe entdecken, die sich über ihre Lebensmittel hergemacht haben könnten. Aber nichts – nicht einmal ein paar verstreute Reste sind zu finden.

»Was fehlt denn?«, fragt Tim.

»Frag lieber, ob überhaupt noch was da ist!«, schimpft Julia und zählt auf: »Die leckeren Schokokekse sind verschwunden, das Glas mit den Würstchen, zwei Äpfel und eine Flasche Saft.«

»Und mein Lieblingskäse!«, jammert Tim.

»Ach, du mit deinem Stinkerkäse! Gut, dass er weg ist! Wer den klaut, ist selber schuld.«

Tim ist beleidigt. »Eigentlich wollte ich nachher noch Schokolade spendieren, aber ob ich euch was abgebe, muss ich mir noch überlegen.« Er greift in seine Hosentasche und zieht ein klebriges braunes Päckchen hervor. »Iiiiiihh!«

Martin und Julia prusten los. »Das kommt davon, wenn man alles in die Hosentaschen steckt!«

»Mist!«, ruft Tim und läuft noch einmal zum Bach zurück, um sich die Hände abzuspülen. Mitten auf dem Weg bleibt er erstaunt stehen. Im Gebüsch liegt die Verpackung von seinem Stinkerkäse. Er hebt sie auf und betrachtet sie von allen Seiten. Eindeutig: Es ist seine Käseschachtel, aber sie ist leer!
»Das ist nicht zu fassen!«, ruft er. »Hier in den Büschen hat jemand meinen guten Käse gefuttert!«
Julia und Martin kommen angerannt. Sofort untersuchen sie das Gebüsch.
»Das Gras ist platt getreten, hier muss sich jemand versteckt haben«, sagt Martin.
»Und da liegt auch noch unser Würstchenglas!«, ruft Julia. »So eine Frechheit! Erst klaut er unser Essen und dann lässt er die Abfälle überall herumliegen!«
Die drei suchen alles ab, finden aber nichts mehr.
»Das kann kein Tier gewesen sein«, meint Julia. Die beiden Jungen stimmen ihr zu.

»Ein Tier, das ein Würstchenglas aufschraubt, habe ich auch noch nicht gesehen!«

Nachdenklich gehen sie zu ihrem Picknickplatz zurück. Etwas Obst und belegte Brote sind noch da, aber es will ihnen nicht so recht schmecken.

Tim sagt: »Ich kann mir nicht vorstellen, wer so etwas tut – anderen das Picknick wegfuttern. Das muss doch jemand sein, der sehr gemein ist oder der selbst so großen Hunger hat, dass er alles andere vergisst.«

Julia nickt. »Wir haben doch vorhin etwas knacken hören. Vielleicht hatte sich schon jemand in den Büschen versteckt, als wir ankamen, und hat uns die ganze Zeit beobachtet.«

Sie klettert in den Baum. »Kommt rauf! Von hier aus kann man alles gut überblicken. Wenn der Dieb wiederkommt, können wir ihn überraschen.«

»Der ist für heute satt, darauf wette ich«, meint Tim. »Und mit den paar Resten, die noch im Korb sind, lockst du niemanden herbei.«

Als die Kinder am späten Nachmittag nach Hause gehen, dreht Julia sich immer wieder um. »Irgendwie habe ich das Gefühl, dass wir verfolgt werden.«
Tim tippt sich an die Stirn. »Alles Einbildung! So fängt es an!«
»Na warte!«, ruft Julia und stürzt auf ihren Bruder los, der schnell wegläuft, denn Julia ist stärker als er.
»Hört auf«, sagt Martin. »Wir haben was anderes zu tun. Wir müssen herausfinden, wer unsere Picknicksachen geklaut hat. Ich fühle mich auch nicht wohl bei dem Gedanken, dass uns ständig jemand folgt und beobachtet.«
Doch an diesem Abend gibt es keine weiteren Erkenntnisse. Am nächsten Morgen sagt

Julias und Tims Mutter beim Frühstück: »Ich wusste gar nicht, dass ihr euer Picknick im Gartenhäuschen gemacht habt.«

»Haben wir auch nicht, wir waren am Bach.«

»Und wie kommen dann Kekstüten, Apfelreste und eine leere Saftflasche ins Gartenhäuschen?«, fragt die Mutter.

Julia und Tim sind sprachlos.

»Das hast du alles im Gartenhäuschen gefunden?«

Die Mutter nickt. »Außerdem stand die Tür heute Morgen offen!«

»Das ist wirklich sehr merkwürdig«, meint Tim. »Wir waren es jedenfalls nicht.« Er erzählt seiner Mutter von dem Picknickkorb und von ihren Vermutungen.

»Wir sollten das Gartenhäuschen in der nächsten Zeit lieber abends abschließen«, meint die Mutter.

Julia und Tim untersuchen die Abfälle und das Gartenhaus genau.

»Hier muss jemand im Liegestuhl übernachtet haben«, stellt Tim fest.
»Siehst du, ich hab ja gesagt, dass uns jemand gefolgt ist!« Julia guckt ihren Bruder herausfordernd an.
Der grinst nur und meint: »Wir müssen der Sache unbedingt auf den Grund gehen. Wenn uns einer ständig folgt, unsere Sachen wegfrisst und die Abfälle hinterlässt, sollte er doch zu fassen sein. Es sei denn, er ist unsichtbar, dann haben wir schlechte Karten!«
»Quatsch! Wir müssen einfach schlauer sein als er. Wir sollten uns noch einmal in dem großen Baum beim Bach verstecken. Wenn wir wieder die Decke und den Picknickkorb mitnehmen, haben wir einen guten Köder«, schlägt Julia vor.
»Prima Idee!«
Sie holen Martin ab und machen sich auf den Weg. Nach einigen Umwegen sind sie sicher, dass ihnen dieses Mal niemand

gefolgt ist. Sie breiten die Decke am gleichen Platz wie am Tag davor aus und stellen den gefüllten Picknickkorb darauf.

»So, mal sehen, was passiert«, sagt Tim, als sie in den Baum klettern.

Doch nachdem sie einige Zeit dort gehockt haben, ohne dass sich etwas getan hat, bekommen sie Hunger.

»Ich hole uns die belegten Brote hoch.« Martin macht sich auf den Weg nach unten.

»Bring den Saft mit, ich verdurste!«, ruft Tim ihm nach.

Als Martin unten ankommt, pfeift er verwundert durch die Zähne. Auf der Decke liegt ein zerknülltes Stück Papier, das vorher bestimmt noch nicht da war. Als er es auseinander faltet, erkennt er, dass es das Papier ist, aus dem er sein Boot gebastelt hatte. Dann hat der Picknickdieb wohl auch mein Boot geklaut, denkt er und sieht sich nach allen Seiten um. Doch weit und breit ist nichts zu entdecken.

»Was ist los?«, ruft Tim von oben.

»Erzähle ich euch gleich.« Mühsam klettert Martin mit dem Korb im Arm den Baum hoch. Oben angekommen reicht er den beiden das Papier. »Wir sind wieder beobachtet worden, trotz aller Vorsichtsmaßnahmen!«

Auch Julia und Tim können nicht glauben, dass jemand das Blatt auf die Decke gelegt hat, während sie im Baum genau darüber saßen.

»Aber woher soll das Papier sonst gekommen sein? War es vielleicht zu einer Schwalbe gefaltet?«, fragt Julia.

Martin schüttelt den Kopf. »Nein, es war ganz fest zusammengeknüllt und einmal geknickt. Dieser Typ ist wirklich komisch. Er klaut unser Essen und mein Boot, dann bringt er das Boot zerknüllt zurück, ohne dass wir ihn sehen. Da bleibt nur eins: Der Picknickdieb muss ein Unsichtbarer sein!«

In dem Moment sehen die Kinder, dass wieder etwas auf der Wolldecke liegt. So schnell wie möglich klettern sie vom Baum herunter.
»Das gibt's einfach nicht!«, ruft Julia, die zuerst unten ist. »Jetzt liegt plötzlich ein Stück von unserer Kekstüte hier!«
»Hatte Mama die nicht im Gartenhäuschen gefunden?«
»Nur das Papier, die äußere Plastikhülle fehlte, hier ist sie nun!« Sie zerknüllt das Plastik in ihrer Hand und lässt es auf den Boden fallen. »Es will mir einfach nicht in den Kopf! Dieses Zeug lässt sich nicht einmal werfen, es ist zu leicht. Trotzdem haben wir niemanden gesehen.«
Da knackt es in den Büschen beim Bach wieder. »Habt ihr das gehört?«, fragt Tim. »Lasst uns noch mal am Bach nachsehen.«
»Na gut, suchen wir den Unsichtbaren, der mit Dingen wirft, die sich nicht werfen lassen, oder der uns was auf die Decke legt,

ohne dass wir ihn sehen, obwohl wir die ganze Zeit genau darüber sitzen.«

»Aber der Unsichtbare hat wieder Spuren hinterlassen«, stellt Martin fest, als sie das Gebüsch absuchen.

»Hier liegt ein kaputter Kugelschreiber und jede Menge Zweige sind abgeknickt.«

Die Kinder folgen dem Weg, den der Dieb sich durch das Gewirr von Ästen und Zweigen gebahnt haben muss. Der Kriechpfad endet am Waldrand.

»Das war's«, meint Julia. »Ob unsichtbar

oder nicht, im Wald finden wir ihn sowieso nicht.«
»Aber seine Spuren sind da!« Martin hält ein zerrissenes Gummiband hoch. Julia zuckt mit den Schultern. »Damit können wir doch nichts anfangen.«
Aber Martin steckt das Gummiband in seine Hosentasche zu dem Kugelschreiber und den vielen anderen Dingen, die er dort schon aufbewahrt. »Das kann man nie wissen.«
»Hier sind deutliche Fußspuren!«, ruft Tim, der ein Stück weiter in den Wald hineingegangen ist. »Ungefähr so groß wie meine.«
»Das hieße ja, dass der Picknickdieb nicht viel größer ist als wir.«
Sie versuchen der Spur in den Wald zu folgen, aber bald müssen sie aufgeben. Der Boden ist mit Fichtennadeln bedeckt, auf denen keinen Fußabdrücke mehr zu sehen sind.

»Ein unsichtbarer Waldmensch, klein wie ein Kind«, grübelt Tim vor sich hin.
»Vielleicht versucht er heute Nacht wieder im Gartenhäuschen zu schlafen. Dort könnten wir ihm auflauern und ihn stellen«, schlägt Martin vor.
Julia und Tim nicken. »Da erwischen wir ihn.«

Noch vor Einbruch der Dämmerung schleichen sich die Kinder ins Gartenhäuschen und setzen sich neben dem Fenster in die Hocke. Zum Zeitvertreib erzählen sie sich ein paar Gruselgeschichten. Doch schon bald werden sie ziemlich müde.
Julia gähnt. »Wenn nicht sofort was passiert, schlafe ich ein.«
Da hören sie plötzlich Schritte, die auf die Hütte zukommen. Doch in der Dunkelheit ist nichts zu erkennen. Gespannt warten sie darauf, dass sich die Tür öffnet.

Aber nichts passiert. Stattdessen hören sie plötzlich entsetzt, wie sich der Schlüssel im Schloss umdreht. Jemand hat die Tür von außen verschlossen, sie sind gefangen. Die Schritte entfernen sich wieder, lange ist es mucksmäuschenstill.

»Wir haben es nicht anders verdient. Wie konnten wir nur so doof sein und den Schlüssel draußen hängen lassen!«, schimpft Martin.

»Meinst du, der Picknickdieb hat uns beobachtet, uns eingeschlossen und ist mit dem Schlüssel weggelaufen?«, fragt Julia ungläubig. »Das ist doch nicht logisch.«

»Du hast Recht«, gibt Martin zu. »Auf jeden Fall müssen wir jetzt schnell hier raus. Kommt, wir klettern durchs Fenster.«

Einer nach dem anderen krabbeln sie durch die kleine Öffnung ins Freie.

»Ich glaube, Mama war es. Sie wollte doch jetzt die Tür immer abschließen. Sie wusste ja nicht, dass wir uns hier versteckt hatten.

Ich laufe schnell ins Haus und hole den Schlüssel und eine Taschenlampe«, flüstert Julia.

Nach einer Weile kommt sie zurück.

»So, diesmal nehmen wir den Schlüssel mit rein.«

Sie legen sich wieder auf die Lauer und lauschen auf jedes verdächtige Geräusch. Da hören sie das leise Knacken von Ästen.

»Aufgepasst!«, flüstert Martin. Kurz darauf bewegt sich die Türklinke langsam nach unten, die Tür wird vorsichtig geöffnet. Den Kindern läuft eine Gänsehaut den Rücken runter. In der Dunkelheit können sie nichts erkennen. Sie warten, bis die Tür wieder geschlossen wird. Plötzlich knipst Julia ihre Taschenlampe an und Martin springt vor die Tür, damit der nächtliche Eindringling nicht entwischen kann. Im Licht der Taschenlampe steht ein Junge, der kaum älter ist als sie.

»Was soll das? Lasst mich raus! Ich will hier weg, macht auf!«, schreit er.
Doch Martin lässt ihn nicht durch. »Setz dich erst mal!«, befiehlt er. »Und sag uns, warum du unser Picknick geklaut hast und was du hier willst!«
Der Junge fängt an zu zittern. Blass und mager sieht er aus, die Haare hängen ihm strähnig in die Stirn, seine Jeans sind schmutzig.

»Ich, ich habe solchen Hunger«, antwortet er bibbernd.
»Aber das ist doch kein Grund, uns das Essen zu klauen. Wir hätten dich doch eingeladen, wenn du uns gefragt hättest.«
»Wirklich, hättet ihr das getan? So, wie ich aussehe?«
»Na klar! Wie heißt du überhaupt und warum bist du nicht zu Hause?«
»Till, ich heiße Till und es geht um eine Wette.«
Ungläubig starren die drei den fremden Jungen an. »Eine Wette?«
»Meine Eltern mussten verreisen. Wie immer, wenn sie wegfahren, sollte Tante Lore kommen, um meinen Bruder und mich zu versorgen. Aber diesmal hat sie sich ein Bein gebrochen. Meine Eltern waren schon unterwegs, als es passierte. Sie wissen nichts davon. Wir haben zu Tante Lore gesagt, dass sie sich keine Sorgen um

uns zu machen braucht und dass wir alt genug sind, allein zu bleiben.«

»Wie alt seid ihr denn?«, fragt Tim.

»Ich bin zehn und mein Bruder ist zwölf. Wir wollten aber nicht zu Hause hocken. Deshalb hat mein Bruder gemeint, dass wir einfach mal versuchen sollten uns ein paar Tage und Nächte allein durchzuschlagen, ohne Geld und Essen und so, jeder für sich. Wir wollten nichts mitnehmen, nur das, was wir anhatten. Mein Bruder hat behauptet, ich würde das nicht durchhalten.«

»Und worum habt ihr gewettet?«

Till zuckt mit den Schultern. »Nur so, um die Ehre. Mein Bruder gewinnt sonst immer, er soll einmal nicht Recht haben. Ich halte genauso lange durch wie er, das wird er sehen!«

Und Till erzählt noch mehr von seinem Bruder, der immer alles bestimmen will, nur weil er zwei Jahre älter ist. Till ist fest entschlossen, es ihm zu zeigen.

»Und wann müsst ihr wieder zu Hause sein?«, fragt Martin.

»Morgen Abend kommen unsere Eltern zurück. Die Wette gilt bis morgen Mittag. Bis abends müssen wir dann wieder sauber geduscht, geschniegelt und gebügelt sein.«

»Na gut, du kannst bis morgen bei uns bleiben, wenn du willst«, schlägt Julia vor.

»Wirklich? Ob ich dann meine Wette nicht verliere, wenn ich bei euch eingeladen bin?«, überlegt Till.

»Bestimmt nicht. Die Bedingung war doch, dass ihr euch irgendwie durchschlagt, oder?«

Till nickt. »Habt ihr denn noch ein bisschen was zu essen für mich? Der Magen hängt mir schon in den Kniekehlen. Es hat ja heute nicht geklappt mit dem Ablenken.«

Fragend sehen die Kinder Till an.

Er kichert. »Ich habe zweimal mit meinem Gummiband Papier auf eure Decke geschossen. Aber erst beim zweiten Mal habt ihr den Platz verlassen und da war leider der Korb schon leer.«

Die drei lachen. »Ach, so war das! Du hast das Papier so fest zusammengedreht, dass du es mit dem Gummiband bis zu unserer Decke schießen konntest.«

»Genau. Ich hatte gehofft, ihr würdet mich im Gebüsch suchen. Inzwischen wollte ich zum Korb schleichen, um mir was zu essen und zu trinken mitzunehmen. Beim zweiten Mal klappte es ja auch, nur dass ihr da schon alles aufgefuttert hattet. Ich bin in den Wald gerannt, während ihr in den Büschen herumgekrochen seid.«

»Ganz schön schlau«, meint Martin. »Wir haben dich wirklich für unsichtbar gehalten. Aber ehrlich gesagt, wir waren ziemlich sauer auf dich.«

»Kann ich verstehen. Eigentlich wollte ich

mich auch entschuldigen, auf dem Papier, das ich rübergeschossen habe. Aber der blöde Kugelschreiber war kaputt.«

»Und da hast du ihn in die Büsche geworfen?«

Till nickt. »Ja, und dann riss auch noch das Gummiband. Ich war völlig verzweifelt: ein leerer Magen, nichts in den Taschen! Es hat nicht viel gefehlt und ich hätte auf einem Bauernhof Eier geklaut oder ein ganzes Huhn.«

»Und das hättest du dann geschlachtet, gerupft, ausgenommen, gebraten und vertilgt?«, fragt Julia.

»Wahrscheinlich hätte ich das arme Vieh wieder laufen lassen, ohne ihm eine Feder zu krümmen«, gibt Till zu.

»Ich hole dir erst mal was zu futtern«, sagt Tim und läuft zum Haus. Als er Till einlädt bei ihnen im Zimmer zu übernachten, schüttelt er den Kopf. »Nein, ich möchte lieber im Gartenhäuschen bleiben. Sonst habe ich das Gefühl, dass ich meine Wette nicht ganz ehrlich gewinne.«

»Dann bringen wir dir morgen das Frühstück.«

»Prima! Und ich lade euch für nächsten Sonntag zu einem Superpicknick ein. Um elf Uhr beim großen Baum am Bach. Abgemacht?«

»Abgemacht. Aber wir müssen gut aufpassen, dass nicht wieder ein Picknickdieb die besten Sachen klaut!«

Das Rätsel der Ruine

Julia und Tim sind von Martin und seinen Eltern zu einer Reise in den Herbstferien eingeladen worden.

»Wir fahren in einen kleinen Ort, der Felsenburg heißt und zwischen drei Hügeln liegt.«

»Felsenburg? Gibt es dort wirklich eine Burg?«, möchte Julia wissen.

»Eine Burg war es einmal, jetzt ist es nur noch eine große, ziemlich verfallene Ruine.«

»Super!«, ruft Tim. »Da können wir bestimmt prima spielen!«

Gleich am ersten Abend nach der Ankunft laufen die Kinder zu der Ruine. Nur ein schmaler Pfad, der teilweise von Brombeerranken versperrt ist, führt den

Berg hinauf. Aber die Kinder bahnen sich ihren Weg durch das Gestrüpp, zu neugierig sind sie auf die Ruine.

»Toll!«, ruft Tim, als die drei endlich oben ankommen.

»Ganz schön kaputt«, meint Julia.

»Kommt! Wir untersuchen das alte Gemäuer mal, das ist ja total spannend.«

Die Kinder wundern sich, dass sie keine anderen Besucher oder Spaziergänger treffen.

»Umso besser«, meint Martin. »Wenn dieser Steinhaufen zu besichtigen wäre, müssten wir Eintritt zahlen und könnten bestimmt nicht in alle Ecken gucken.«

So kriechen die Kinder in jeden Winkel, wo sie viele alte Vogelnester und Reste zerbrochener Eierschalen finden. Sie laufen an der Ruine entlang, bis sie an eine Rundung kommen.

»Hier, das war der Turm, man sieht noch ein Stück von der Wendeltreppe!« Tim stellt sich vor im Mittelalter zu leben und Ritter zu sein.

»Ritter Timotheus!«, kichert Julia.

»Wenn schon, dann Timotheus von Hagenau«, meint Tim.

»Hier können wir prima Versteck spielen«, schlägt Martin vor.

»Aber es wird langsam dunkel«, gibt Tim zu bedenken.

Julia findet das erst richtig schön. Sie zählt ab, muss selber als Erste suchen und ist gerade bei zehn angekommen, als sie Stimmen hört.

Im Halbdunkel sieht sie zwei Männer den Weg heraufkommen.

Einer hat einen üppigen schwarzen Bart, der andere trägt eine große Brille und eine karierte Mütze.

Julia kann sich gerade noch im Gebüsch verstecken. Durch die Blätter erkennt sie, dass der Bärtige einen großen Kasten schleppt. Von Zeit zu Zeit sieht er sich um, so als hätte er Angst, jemand würde ihn verfolgen.

Als die Männer dicht an Julia vorbeigehen, hält sie die Luft an. Ihr fällt ein, dass die Leute in Filmen oder Büchern bei solchen Gelegenheiten immer niesen müssen. Zum Glück kribbelt es in ihrer Nase nicht, so kann sie unerkannt im Gebüsch bleiben und die Männer aus der Nähe betrachten.

Der mit dem Bart sieht sehr verwegen aus, der andere scheint aber der Gefährlichere zu

sein. Julia hört ihn mit unangenehm scharfer Stimme sagen: »Hoffentlich kommt uns keiner auf die Schliche, dann wäre das ganze Spiel vergebens.«

Da sind wir ja in was reingeraten, denkt Julia und hofft, dass die Männer keinen der Jungen finden. Aber so, wie sie Tim und Martin kennt, haben sie sich gute Verstecke ausgesucht.

Inzwischen ist es beinahe dunkel geworden. Julia muss ihre Augen sehr anstrengen, um die Gestalten der Männer von den Büschen zu unterscheiden. Sie ist gespannt, wohin die beiden gehen. Gibt es hier vielleicht geheime Nischen, die sie noch nicht entdeckt haben?

Doch plötzlich sind die Männer in der Dunkelheit verschwunden. Der Mond ist nur als Sichel zu erkennen, in der Nähe ruft ein Käuzchen. Julia gruselt sich. Wenn sie nur nicht allein wäre! Sie möchte nach Hause, doch ohne die Jungen kann sie hier nicht weg! »Reiß dich zusammen, Julia!«, mahnt sie sich selber. Dann fällt ihr ein, welche Ecke Martin so ausgiebig untersucht hatte, bevor er das Versteckspiel vorschlug.

Julia schleicht leise dorthin. Nach jedem Schritt lauscht sie und wartet ab. Auf keinen Fall möchte sie den Männern in die Arme laufen. Zu ihrer großen Erleichterung findet sie Martin sofort. Das heißt, sie fühlt ihn mehr, als sie ihn sieht. In der Ruine ist es so dunkel, dass die Kinder sich nur an den Wänden entlangtasten können.

Aufgeregt erzählt Julia ihrem Freund von den Männern.

»Wo hast du sie aus den Augen verloren?«, fragt Martin.

Julia zuckt mit den Schultern. »Hier draußen sind sie irgendwo in den Büschen verschwunden. Wie vom Erdboden verschluckt. Danach habe ich sie nicht mehr gehört oder gesehen!«

»Ich weiß, wo Tim sich versteckt hat. Wir sollten so schnell wie möglich ins Dorf zurückgehen.«

Tim ist enttäuscht, dass das Spiel schon zu Ende sein soll. Doch als die beiden ihm flüsternd alles erklären, hat er es auch eilig, ins Dorf zurückzukommen. Wie die Katzen schleichen die Kinder den Pfad entlang. Sie gehen gebückt und versuchen kein Geräusch zu machen.

Plötzlich entdeckt Tim auf dem Boden etwas Weißes. »Halt! Hier liegt was!«, flüstert er und hebt es auf. »Ein Blatt Papier mit einer Zeichnung oder so. Mist, man kann nichts erkennen, ich nehme es mal mit.«

Als die drei später in ihren Zimmern das Papier auseinander falten, sehen sie sich fragend an.

»Was soll denn das sein?«, fragt Julia.

Ein komisches Gebilde ist darauf gezeichnet, mal rund und mal eckig. Darunter steht: ›Zwischen HOL und GIN‹. Gemeinsam starren sie auf die Zeichnung, aus der sie überhaupt nicht schlau werden.

»GIN ist Schnaps!«, ruft Tim. »Schreckliches Zeug, ich habe mal daran gerochen!«

»Quatsch!«, sagt Martin. »Das kann es nicht sein.«

Noch lange bleiben sie wach und grübeln. Zum Schluss meint Julia: »Könnte dies nicht eine Zeichnung der Ruine sein? Zwischen HOL und GIN, was immer das sein mag, wäre dann vielleicht ein Versteck. Einer der Männer hat doch was von Versteck gesagt.«

Martin, der schon laut gegähnt hatte, wird wieder munter. »Klar! Ich hab's. Das könnte ein Lageplan sein, wo sie den Kasten mit ihrer Beute versteckt haben! Die genaue Stelle verraten uns HOL und GIN, aber was sind HOL und GIN?«

»Himmelsrichtungen können es nicht sein«, überlegt Tim. »Ich tippe auf Abkürzungen. Vielleicht fällt mir im Traum ein, wofür die Abkürzungen stehen. Ich geh jetzt schlafen.«

Doch auch am anderen Morgen sind sie der Lösung des Rätsels kein bisschen näher. Gleich nach dem Frühstück laufen sie zur Ruine. Die Sonne scheint, die Vögel zwitschern, weit und breit ist kein Mensch zu sehen.

»Wie friedlich es hier ist. Ich kann mir gar

nicht vorstellen, dass es mich gestern hier gegruselt hat.« Julia genießt die warme Herbstsonne.

Martin holt den Zettel aus seiner Hosentasche. »Zuerst müssen wir die Umrisse der Ruine mit der Zeichnung vergleichen. Da ist die Wendeltreppe, das muss also die ausgebaute Rundung auf der Zeichnung sein. Gehen wir mal links herum. Ja, richtig, hier kommt eine leichte Biegung.«

Im Vorbeigehen pflückt er eine Dolde Holunderbeeren. »Wenn ich ein Pusterohr hätte, könnte ich mit diesen Beeren prima schießen!«

Tim erinnert sich daran, dass er erst vor einiger Zeit mit Holundersaft gekleckert hat. »Die Flecken gehen nie wieder raus.«

Sie laufen um die Rundung herum.

»Dann schieß lieber hiermit«, meint Julia und gibt Martin ein paar Schoten des Ginsters, der am Mauerrand wächst.

Martin schält die Körner heraus und lässt

sie in seiner Handfläche hin- und herrollen. »Ja, das könnte gehen, davon nehme ich mir welche mit.«
Er pflückt sich noch ein paar Ginsterschoten ab und steckt sie in seine Hosentasche.
Julia kichert. »Mit dem Inhalt deiner Hosentaschen könntest du auf dem Flohmarkt gut verdienen.«
Martin grinst. »Das brauch ich alles selbst.«
Als die Kinder einmal um die Ruine herumgegangen sind, sind sie sicher, dass die Zeichnung mit der Form des Gemäuers übereinstimmt.
»Wenn ich nur wüsste, was HOL und GIN bedeutet!«, sagt Tim.
Inzwischen stehen sie wieder bei der Wendeltreppe.
»Moment mal!«, ruft Martin aufgeregt. »Wir hatten doch ... da waren doch ...!«, er zerrt an den Holunderbeeren. »Dies

hier ist doch HOLunder!« Er wedelt mit den Beeren herum und betont noch einmal: »HOLunder!«
Nun kommen auch Julia und Tim drauf. Julia läuft um die Rundung. »Und hier wächst GINster! Na, dann wissen wir ja endlich, wo wir suchen müssen. Zwischen HOL und GIN muss der Kasten verbuddelt sein!«
Tim stochert mit einem Stock an der Stelle im Boden, an der die Ginster- und Holundersträucher ineinander wachsen.
Martin hat etwas gefunden. »Eine Taschenlampe!« Er will sie anknipsen, aber nichts tut sich. »Kaputt.«
Im selben Augenblick ist Tim auf etwas Hartes im Boden gestoßen.
»Hier müssen wir graben! Hier liegt die Beute!«
Aufgeregt machen sie sich an die Arbeit. Natürlich hat keiner eine Schaufel dabei. Aber die Erde ist an einer Stelle locker,

Gras, Moos und Blätter liegen lose darauf. So können sie alles leicht mit den Händen zur Seite schieben. Als Erstes fühlen sie Holz. Dann stoßen sie auf einen verrosteten Metallring. »So groß war der Kasten gar nicht!«, stellt Julia verwundert fest. »Mensch, Leute! Das ist keine Kiste und kein Kasten, das ist eine Geheimtür!«
Sie zieht mit aller Kraft an dem Metallring und plumpst beinahe auf den Po, denn die Klappe öffnet sich erstaunlich

leicht. Eine Steintreppe führt nach unten ins Dunkel. Feuchte Kälte schlägt ihnen entgegen.
»Mann, wer hätte das gedacht?«, ruft Martin.
»Ein Königreich für eine Taschenlampe«, meint Julia und Martin probiert es noch einmal mit der gefundenen. »Die Batterien sind leer«, stellt er fest. »Wir müssen unser Geld zusammenlegen, dann können wir neue kaufen. So steige ich nicht in das finstere Loch.«
»Du willst da rein?«, fragt Tim erschrocken. »Vielleicht sind die Typen noch da unten.«
Doch Julia beruhigt ihn: »Dann wäre die Klappe sicher nicht so sorgfältig mit Erde und Moos bedeckt gewesen.«
»Recht hat sie! Also los! Wir holen erst Batterien und dann geht's abwärts.«
Nachdem sie die Klappe wieder mit Grünzeug getarnt haben, laufen sie in den Ort hin-

unter. Mit zwei neuen Batterien leuchtet die Taschenlampe schön hell. Erwartungsvoll machen sie sich auf den Rückweg.

Vor einem Plakat am Straßenrand bleibt Tim stehen. ERÖFFNUNG DER INLINE-SKATER-BAHN AM SONNTAG, DEM 1. OKTOBER! »Wir hätten unsere Inliner mitbringen sollen.«

Julia zerrt ihren Bruder weiter. »Erst mal haben wir was anderes zu tun.«

»Halt du die Lampe, ich klettere runter«, sagt Martin, als sie wieder vor der offenen Klappe hocken.

Julia leuchtet in die Tiefe und schaudert. Sollen sie wirklich dort hinuntergehen? Aber die Neugier siegt!

Martin beginnt sich Stufe für Stufe abwärts zu tasten. Dabei hält er sich an dem dicken Seil fest, das an einer Seite angebracht ist. »Das Geländer ist aber nicht aus früheren Zeiten«, meint er, als er das Seil anfasst. »Sieht ziemlich neu aus.«

Julia und Tim klettern ihm nach, bis sie in einem kleinen, feuchten Raum stehen, von dem drei düstere Gänge abzweigen.
Tim zittert vor Kälte. »Hätte ich doch nur meinen Pelz angezogen.« Doch dann erstarrt er und zeigt auf den Boden. »Leuchte mal da hin!«, sagt er bibbernd. »Auf dem Boden sind rote Tropfen!«
Julia und Martin werden blass. Mit zitternder Hand richtet Julia den Lichtstrahl in einen der grauen Gänge. Die rote Spur führt ins Dunkel.
»So... so... sollten wir nicht lieber ...«, stottert Tim, doch plötzlich lacht er los. »Seht mal, was da liegt!«
Den beiden anderen ist nicht nach Lachen zu Mute. Am liebsten würden sie so schnell wie möglich die Treppe wieder nach oben steigen. Doch dann lacht auch Julia und Martin fasst sich an den Kopf. »Ein Stapel roter Kerzen! Die Tropfen sind aus Wachs! Aber wie kommen die Kerzen hierher?«

Verwundert und erleichtert gehen die Kinder der Spur ein Stück nach. »Halt!«, ruft Tim und holt ein Blatt Papier aus seiner Hosentasche. »Lasst uns aufzeichnen, wo wir hingehen. Hat jemand einen Bleistift dabei?«
Martin wühlt aus seinen Hosentaschen einen abgebrochenen winzigen Bleistiftstummel hervor.
Tim zeichnet den Weg auf. »So finden wir wenigstens wieder zurück. Auf die Wachstropfen sollten wir uns nicht verlassen, die können auf allen Wegen sein und Gänge scheint es hier ja reichlich zu geben.«
Julia geht voran und leuchtet. An jeder Biegung lauschen sie angespannt, bevor sie weitergehen.
»Glaubt ihr, dass wir einen Schatz finden?«
»Blödsinn!«
Der Boden wird immer holpriger. Die

Kinder stolpern vorwärts, bis sie an einen Kreuzungspunkt von vier Gängen kommen.
»Hier, nach links muss es gehen«, meint Tim. »Die Wachstropfen sind nur auf dem linken Weg.«
»Hoffentlich führt der Gang überhaupt irgendwohin«, stöhnt Martin.
Doch dann, als die Kinder noch einmal links abgebogen sind, stehen sie plötzlich in einem größeren Raum.
Vorsichtig drücken sie sich erst mal an die Steinwand, bis Julia den ganzen Raum ausgeleuchtet hat. Es riecht modrig und feucht, einzelne Wassertropfen fallen auf den Boden.
»Da auf dem Stein steht der Kasten!« Julia löst sich von der Wand. Die Jungen folgen ihr. »Das ist der Kasten, den der eine Mann unter dem Arm hatte!«
»Sieht aus wie ein riesiger Schuhkarton«, stellt Tim etwas enttäuscht fest.

»Aber auf den Inhalt kommt es an«, meint Martin. »Wir müssen nachsehen, was drin ist.«

»Bestimmt Diebesgut, das hier versteckt gehalten wird«, vermutet Julia. »Los, mach auf, Martin! Ich leuchte. Und Tim, du lauschst am Eingang, ob jemand kommt.«

»Wenn's unbedingt sein muss«, knurrt der, stellt sich dann aber neben die Öffnung und passt auf.

Doch als er die beiden anderen mit großen Augen in den Karton starren sieht, hält er es nicht mehr aus. »Was ist es? Ist es Schmuck? Neulich wurde doch ein Juwelierladen überfallen!«

»Das sieht nicht nach Juwelen aus«, kichert Julia. »Oder was meint ihr?« Sie hält ein Paar Inlineskates in die Höhe.

»Ein paar Superinliner, echt Luxus! Was machen denn die nur in dieser Höhle? Die Männer sahen wirklich mehr wie Juwelendiebe aus. Aber warum klauen sie Inliner und verstecken sie so gut?«

Die Kinder stehen vor einem Rätsel.

»Solche Skates könnte ich gut gebrauchen«, meint Tim. »Meine sind nicht mehr die besten.«

Doch sie sind sich einig, dass diese Inlineskates in der Höhle bleiben müssen. So macht Martin den Karton wieder zu und stellt ihn zurück.

Der Weg nach draußen ist schnell gefunden. Nachdem die Kinder die Klappe wieder sorgfältig getarnt haben, gehen sie noch einmal um die Ruine herum und suchen nach weiteren Spuren.

»Wir müssen zum Mittagessen«, sagt Julia, die als Einzige eine Armbanduhr hat. Schnell laufen sie in den Ort hinunter. Am Sportgeschäft Gulliver bleibt Tim stehen. »Ich möchte mal gucken, ob die hier solche Inliner haben.«

Die beiden anderen lassen sich überreden. Doch als sie das Geschäft betreten, stockt Julia der Atem. Der Bärtige von der Ruine steht hinter dem Tresen mit den Tennisschlägern. Sie macht den Jungen ein Zeichen und flüstert es ihnen zu.

»Wir müssen ihn unauffällig beobachten«, flüstert Martin zurück. Sie gehen zu den Inlineskates und werden von einer netten Verkäuferin angesprochen. »Kann ich euch helfen?«

»Ja, wir möchten uns Inliner ansehen«, antwortet Julia, ohne den Mann mit dem Bart aus den Augen zu lassen. Hier sieht er eigentlich nicht mehr so gefährlich aus, denkt sie.

Ihnen werden Inlineskates in allen Ausführungen vorgelegt. Als die Verkäuferin die Luxusausführung hervorholt, erkennen die Kinder sofort, dass es die gleichen sind wie die in der Höhle.

»Die könnt ihr aber auch gewinnen, wenn

ihr die Rallye mitmacht«, sagt die Verkäuferin.
»Welche Rallye?«
»Zur Eröffnung der Inlineskater-Bahn hat sich das Sportgeschäft Gulliver eine Rallye durch den Ort ausgedacht.« Sie reicht den Kindern einen Zettel. »Verschiedene Aufgaben müssen gelöst werden, die den Weg zum ersten Preis weisen. Der erste Preis sind solche Skates wie diese. Versucht es doch einfach mal! Viel Spaß!«
Als die Kinder sich von ihrem Staunen erholt haben, bedient die Verkäuferin schon die nächsten Kunden.
Die drei werfen noch einen Blick auf den Bärtigen und verlassen eilig den Laden.
»Das haut mich um!«, ruft Julia vor der Tür. »Wir Esel! Hier steht es ja auf dem Plakat! Warum haben wir das nicht vorher gesehen?«
»Siehste!«, schimpft Tim. »Ich habe es

gesehen, aber du hast mich weggezerrt, sodass ich es nicht zu Ende lesen konnte.«

Martin lacht. »Dann wäre das alles aber auch nicht so spannend gewesen. Immerhin kennen wir jetzt den Weg zu den Inlinern schon.«

Julia hat Bedenken. »Aber das ist doch nicht fair, wenn wir den Preis kriegen. Wir haben die Skates ja nur zufällig gefunden.«

»Wir könnten die Rallye doch trotzdem mitmachen«, schlägt Tim vor.

»Und was haben wir davon? Ein schlechtes Gewissen und ein einziges Paar Inliner zu dritt!«, meint Julia.

»So meine ich es nicht. Wir machen die Rallye mit, das bringt bestimmt Spaß. Wir lösen die Aufgaben im Ort, aber bei der Ruine hören wir auf. Hier steht nämlich noch was: ›Alle, die mitmachen und nicht zum Ziel kommen, können auf

Wunsch für eine Woche beim Sportgeschäft Gulliver kostenlos Inlineskates leihen.‹«

»Das ist prima!«, ruft Martin.

Auch Julia freut sich. »Das ist sogar noch besser! Dann können wir nämlich alle drei gleichzeitig laufen.«

Warum? Warum? Warum?

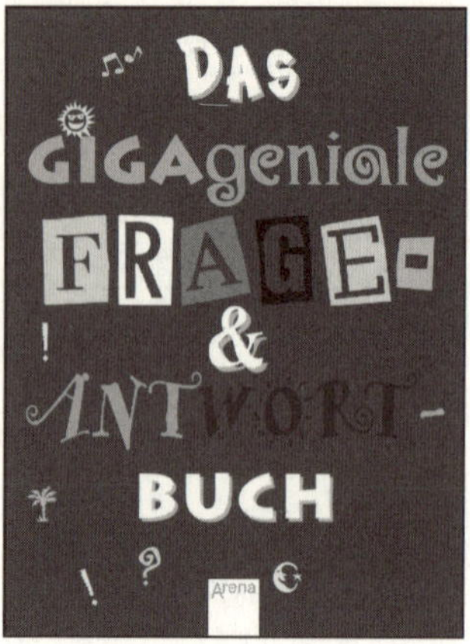

Das gigageniale Frage-und Antwort-Buch

So kommen selbst die hellsten Köpfe auf ihre Kosten: ein Band voll gepackt mit spannenden, faszinierenden Fragen und Antworten aus allen Wissensgebieten! Ob es sich nun um Informationen über die Erde und Weltall handelt, über Wissenschaft und Technik, Geschichte, Kunst, Kultur und Sport – das Taschenbuch ist eine unerschöpfliche Quelle zum Nachschlagen und Schmökern!

Arena-Taschenbuch-Band 1915. 288 Seiten. Ab 9
Im extragroßen Taschenbuchformat!

Arena

Für alle Rätselfreunde

Das Rätselschiff

Rätsel für Sonnen- und Regentage

Wer kommt mit auf das Rätselschiff?
Hier gibt es allerhand zu knobeln und zu rätseln:

- Verzwickte Labyrinthe
- Verzwackte Buchstabenrätsel
- Knifflige Kreuzworträtsel
- Punkterätsel zum Ausmalen
- Spannende Suchbilder

Ob für verregnete Urlaubstage, langweilige Autofahrten oder faule Ferien am Strand: Für jeden Rätselfreund ist etwas dabei!

112 Seiten. Arena-Taschenbuch – Band 350. Ab 7.

Arena

Starke Seiten gegen Langeweile!

Megaspaß in XXL

Die stärksten Witze, Rätsel, Spiele!

Ferien, Freizeit, Wochenende – wenn endlich einmal Zeit ist für alles, was Spaß macht, dann bringt »Megaspaß in XXL« die Quizfragen, Spiele, Scherzfragen, Zaubertricks, Denkaufgaben und Witze, die für jeden Tag des Jahres Unterhaltung und Spaß garantieren. Da kann selbst an verregneten Ferientagen oder endlosen Autofahrten keine Langeweile mehr aufkommen!

264 Seiten. Arena-Taschenbuch – Band 342. Ab 9.

Arena